춘향전

춘향전

서해문집 청소년 고전문학 003

초판 1쇄 인쇄 2022년 8월 30일
초판 1쇄 발행 2022년 9월 10일

풀어옮긴이 홍인숙
해 설 김영희
그린이 비깔
펴낸이 이영선
책임편집 이현정
교정교열 안주영

편집 이일규 김선정 김문정 김종훈 이민재 김영아 이현정 차소영
디자인 김회량 위수연
독자본부 김일신 정혜영 김연수 김민수 박정래 손미경 김동욱

펴낸곳 서해문집 | 출판등록 1989년 3월 16일(제406-2005-000047호)
주소 경기도 파주시 광인사길 217(파주출판도시)
전화 (031)955-7470 | 팩스 (031)955-7469
홈페이지 www.booksea.co.kr | 이메일 shmj21@hanmail.net

ISBN 979-11-92085-60-9 43810

서해문집
청 소 년
고전문학
003

춘향전

홍인숙 풀어옮김
김영희 해설
비깔 그림

서해문집

머리말

《춘향전》은 춘향이라는 열여섯 살 소녀가 동갑내기 이 도령과 사랑에 빠지는 이야기입니다. 신분이 달라서 정인情人과 헤어져야 했고, 자기를 마음대로 휘두르려는 나쁜 양반도 만났지만 굽히지 않고 사랑을 사수하지요. 《춘향전》의 가장 큰 매력은 이 당찬 소녀의 '목숨을 건 사랑 이야기'라는 데 있습니다.

춘향은 기생의 딸이었기 때문에 모든 면에서 약자였어요. 하지만 양반인 이 도령 앞에서 주눅 들지 않고 당당하게 사랑을 나눕니다. 변학도에게 시달릴 때도 끝까지 이 도령에 대한 의리를 지키며 고집을 꺾지 않아요. 낮은 신분이지만 그렇다고 마음마저 함부로 할 수 있는 게 아니라는 것을 보여 주지요.

소녀는 이별과 시련을 통해 한층 성숙해집니다. 눈 높고 도도하기만 하던 요조숙녀가 고난의 시간을 묵묵히 견뎌 내요. 거지꼴이 되어 내려온 이 도령을 원망하지 않는 모습에서는 넓은 마음을, 이 도령이 신분을 숨기고 '어사의 수청도 안 들 거냐'고 묻자 코웃음 치는 모습에서는 남다른 배포를 엿볼 수 있습니다.

신분 차별을 이겨 내는 약자의 이야기, 성장하는 한 소녀의 이야기. 이것이 바로《춘향전》의 재미가 아닐까 합니다.

조선 후기 인기 예능이었던 판소리를 바탕으로 한《춘향전》은 정말 큰 사랑을 받은 국민 소설입니다. 일 년에 몇만 부씩 거뜬하게 팔렸다고 하지요.

그래서인지 유명한 장면도 무척 많습니다. 춘향의 그네뛰기, 광한루에서 처음 만나는 춘향과 이 도령, 이 도령의 엉터리 책 읽기, 첫날밤과 〈사랑가〉, 두 사람의 이별, 곤장 맞는 춘향, 감옥 앞에서 재회하는 두 사람, 어사 출도, 시치미를 떼고 춘향을 시험하는 어사 이몽룡…. 오늘날까지 여기저기서 패러디 될 정도로 흥미진진한 장면들 가운데 어떤 대목이 여러분에게 즐거움을 줄지 궁금해지네요.

널리 읽혔던 만큼《춘향전》의 판본은 백이십 개가 넘습니다. 그중 이 책에는 가장 대표적인 두 개의 판본을 소개했습니다. 춘향의 당돌함이 두드러지고 생생하면서도 우아한 묘사가 특징인 완판 84장본과 스토리 중심의 요약본 같은 경판 30장본입니다.

이미 많은《춘향전》이 있지만 저는 원래의 작품이 가지고 있는 맛을 충실하게 재현하는 데 힘썼습니다. 원래의 멋스러움을 잘 전달만 해도 충분히 빠져들 만한 재미가 넘치는 작품이니까요. 풀어

옮기며 느낀 찰진 말맛과 인물들의 사랑스러움이 여러분에게도 전해졌으면 좋겠습니다.

홍인숙

차례

머리말 • 4

완판 84장본 열녀춘향수절가

지극정성 드려 얻은 어여쁜 아이 • 11

이 도령의 광한루 봄나들이 • 14

그넷줄 갈라 잡고 치맛자락 번뜻하며 • 20

대학의 도는 춘향이에게 있다 • 32

평생 기약 맺은 날 • 40

어화둥둥 내 사랑아 • 54

뜻밖의 이별 • 70

임의 얼굴 보고지고 • 83

고집불통 변학도 • 88

수청을 들어라 • 96

옥에 갇혀 점을 치니 • 116

장원 급제한 이 도령 • 133

춘향 소식에 눈물 툭툭 • 142

서러운 재회 • 147

암행어사 출도야! • 159

백년고락을 함께하다 • 166

경판 30장본 춘향전

해설 《춘향전》을 읽는 즐거움 • 249

완판 84장본

열녀춘향수절가

지극정성 드려 얻은 어여쁜 아이

숙종대왕 즉위 초에 성덕이 크시니 훌륭한 자손들이 뒤를 이어 백성들이 요순堯舜시절을 누리는지라. 좌우에는 충성스러운 신하들과 용맹한 장수들이 늘어섰고 조정의 덕이 방방곡곡 퍼져 집집마다 효자, 열녀가 나며 백성들이 풍요로우니 곳곳에서 격양가擊壤歌*가 들려오는 태평성대였다.

이때 전라도 남원부에 살던 월매라는 기생은 일찍이 일을 그만두고 성가라는 양반과 함께 물러나 살았는데 나이 사십이 되도록 한 점 혈육이 없어 그것이 한이었다. 하루는 남편에게 의견을 묻기를,

"들으시오. 전생에 무슨 은혜 있었는지 이생에 부부 되어 기생

* 격양가 요순시절 백성들이 평화로운 시절을 기뻐하며 지팡이로 땅을 치면서 불렀다는 노래

일 다 버리고 예의를 숭상하고 부인의 덕을 닦으며 지내 왔소. 그런데 무슨 죄로 일 점 혈육이 없으니 친척 없는 우리 신세 조상 제사는 누가 지내며 우리 죽은 후 장사는 어찌하겠소. 명산대찰名山大刹*에 기도해 아들이든 딸이든 낳으면 평생 한을 풀 것이오. 당신의 뜻은 어떠하시오?"

성 참판 하는 말이,

"자네 말이 맞네만 기도로 자식을 낳는다면 자식 없는 사람이 어디 있겠는가?"

월매가 대답하기를,

"천하 성현인 공자님도 이구산에 빌어 낳으셨는데 우리 조선이라고 명산대찰 없겠소? 우리도 정성이나 드려 보십시다."

공든 탑이 무너지며 심은 나무가 꺾어질까. 이날부터 목욕재계하고 명산승지 찾아가려는구나. 오작교 썩 나서서 좌우 산천 둘러본다.

서북쪽에는 교룡산, 동쪽에는 선원사, 남쪽으로는 지리산이 웅장한데 그 가운데 요천수 푸른 물결이 흐르니 별천지가 여기요, 푸른 숲속 들어가니 지리산이 여기로다. 반야봉 올라서니 명산대천임에 틀림없다. 봉우리에 단을 만들어 제물을 차려 놓고 엎드려 빌었더니 산신님의 덕이신지.

* 명산대찰 이름난 산과 큰 절

때는 오월 오일 갑자시였다. 꿈에 상서로운 기운이 오색찬란한데 청학을 탄 선녀가 화관을 쓰고 옥 장신구가 달린 화려한 옷을 입고는 계수나무 꽃가지를 들고 공손히 절하며 말했다.

"저는 신선 복희씨의 딸입니다. 복숭아를 올리러 옥황상제께 갔다가 달나라 광한전廣寒殿에서 비의 신을 만나 이야기를 나누다 시간을 어기고 말았지요. 상제께서 크게 노하셔서 저를 내치시니 갈 바를 몰랐는데 지리산 신령께서 부인 댁으로 가라 하시기에 왔습니다. 어여삐 여겨 주소서."

하고는 품으로 달려드는데 학의 울음소리에 놀라 잠을 깨니 한바탕 꿈이었다. 마음을 진정하고 남편과 꿈 이야기를 나누었더니 그 달부터 과연 태기가 있었다. 열 달이 되자 향기가 방에 가득하고 채색 구름이 자욱하더니 어여쁜 딸을 낳았으니 그 사랑함을 어찌 다 말로 하리오.

이름을 춘향이라 부르면서 손에 든 보물처럼 길러 내니 효행이 지극하고 심성이 빼어났다. 칠팔 세에 책을 읽으며 예의 바르고 단정하니 그를 칭송하지 않는 이가 없었다.

이 도령의 광한루 봄나들이

이때 삼청동에 이 한림이라는 양반이 있었는데 대대로 내려오는 명문 가문의 후예였다. 하루는 전하께서 충효록을 보시고 고을 원님을 뽑으시는데, 이 한림에게 과천 현감, 금산 군수를 지낸 뒤 남원 부사로 갈 것을 명하셨다. 이 한림이 성은에 감사하며 남원에 부임하니 사방이 잘 다스려져 백성들이 왜 일찍 안 오셨는지 칭송한다.

이때가 어느 때인가. 놀기 좋은 봄날이라. 온갖 새들이 지저귀며 짝을 지어 날아들고, 남산에 핀 붉은 꽃이 북산까지 물들고 천 갈래 만 갈래 수양버들 나부끼는구나. 나무마다 숲을 이루고 두견새, 접동새 나직하게 날아오니 일 년 중 가장 좋은 때였다.

이때 사또 자제 이 도령은 나이 열여섯에 풍채는 두목지*처럼

* 두목지　호방한 시풍과 잘생긴 외모로 유명한 당나라의 시인

준수했다. 성품이 바다같이 드넓고 지혜가 뛰어나며 문장은 이백이요, 필법은 왕희지* 였다.

하루는 방자를 불러 말하기를,

"이 고을에 좋은 곳은 어디냐? 봄날을 즐겨야겠으니 경치 좋은 곳 말하여라."

방자 여쭈되,

"글공부하시는 도련님이 좋은 경치 찾아야 부질없소."

이 도령 이르는 말이,

"너 무식한 말이로다. 예부터 뛰어난 선비도 아름다운 경치는 구경했느니라. 사마장경* 은 큰 강을 건너갈 때 폭풍우가 몰아치자 글을 지어 파도를 잠재웠으니 천지간에 놀랍고 즐겁고 고운 것이 바로 글이니라. 시의 왕 이백은 채석강에서 놀았고 소동파는 가을밤 적벽강에서 놀았으며 백낙천* 은 달밤에 심양강에서 놀았고 세조대왕은 보은 속리산에서 노셨으니, 아니 놀지는 못하리라."

이때 방자가 도련님 뜻을 받아 사방 경치 말씀드리되,

"서울로 말하자면 자하문 밖 칠성암, 청련암, 세검정과 평양 연광정, 대동루, 모란봉, 양양 낙선대, 보은 속리 문장대, 안의 수승

* 이백, 왕희지　술을 좋아하고 즉석에서 시를 잘 지었던 당나라의 천재 시인과 진나라의 명필
* 사마장경　전한 대의 문인
* 소동파, 백낙천　북송 대의 문인과 당나라의 시인

대, 진주 촉석루, 밀양 영남루가 어떤지 모르겠소.

전라도로 말하자면 태인 피향정, 무주 한풍루, 전주 한벽루가 좋지만 남원의 뛰어난 경치라면 동문 밖 선원사 좋고, 서문 밖 관왕묘가 엄숙하고, 남문 밖 광한루, 오작교, 영주각이 좋고, 북문 밖 교룡산성 기이하지요. 처분대로 가십시오."

도련님 말씀하기를,

"네 말을 들어 보니 광한루, 오작교가 좋겠구나. 구경 가자."

도련님 거동 보소. 사또 앞에 들어가 공손히 말씀드리기를,

"오늘 날씨가 화창하오니 잠깐 나가 시를 짓고 읍내를 돌아보고자 하옵니다."

사또 기뻐하며 허락하시고 말씀하기를,

"남원 땅 경치를 구경하고 돌아오면서 시 주제를 생각하라."

도령이 대답하기를,

"아버님 말씀대로 하오리다."

물러 나와서는,

"방자야, 나귀 안장 지워라."

방자 분부 듣고 나귀 안장 지운다.

나귀 안장 지울 때, 붉은빛 가슴걸이, 자줏빛 재갈, 산호 채찍, 옥안장, 금 채찍에 황금 방석, 청홍사 고운 굴레, 구슬상모 더백 달아 층층 다래, 은빛 등자*, 호피 돋움에 구슬방울로 된 줄을 앞뒤로 스님 염주 매달듯 걸고는,

"나귀 대령하였소."

도련님 거동 보자.

옥안선풍玉顔仙風 고운 얼굴에 곱게 빗은 머리 밀기름에 잠재우고 비단 댕기에 장식 달아 맵시 있게 잡아 땋고, 성천 비단 접동 저고리, 가는 모시 바지, 최상 무명 겹버선에 남빛 갑사 대님 차고, 겹으로 된 비단 배자에 호박 단추 달아 입고, 통행전을 무릎 아래 정강이에 넌짓 매고, 영초 비단 허리띠, 모초 비단 주머니를 여덟 가닥 비단 실로 갖은 매듭 고를 내어 넌짓 매고, 쌍문 비단 긴 동정 중치막*에 도포 받쳐 검은색 띠실을 가슴에 눌러 매고 가죽신 끌면서 나오는구나.

"나귀를 붙들어라."

등자 딛고 선뜻 올라 도포 뒷자락을 싸고 앉아 나오신다. 통인* 하나 뒤를 따라 나올 적에 금빛 부채로 햇빛을 가리고 남쪽으로 난 넓은 길로 생기 있게 나아가니 그 옛날 잘생긴 호걸 시인 두목지의 풍채인가, 준수한 거문고 명인 주유의 풍채인가.

향기로운 거리 아름다운 근교에 봄이 가득하니
보는 이들 누구라도 사랑하지 않겠는가

* 등자 말을 타고 앉아 두 발로 디디게 되어 있는 물건
* 중치막 벼슬하지 않은 선비가 소매가 좁은 옷 위에 덧입던 웃옷
* 통인 지방 관청에 딸린 심부름꾼

광한루에 올라 사방을 바라보니 경치가 가히 좋다. 늦은 아침 안개가 은은히 피어나고 푸른 시냇가에 저문 봄은 꽃들로 둘러 있다.

자색과 붉은색 누각들은 단장한 듯 빛나고
화려한 방 안을 영롱하게 비추네
아름다운 누각이 어찌 이리 높은가

왕발의 시 〈임고대臨高臺〉는 바로 이 광한루를 이름이라. 또 한 곳 바라보니 희고 붉은 꽃 흐드러졌는데 앵무새와 공작이 훨훨, 소나무와 떡갈나무 봄바람을 못 이기고 흐늘흐늘, 폭포수와 시냇가에 꽃들은 방긋방긋, 낙락장송 우거진 푸르름이 꽃보다 좋을 때라.

또 한 곳 바라보니 한 미인이 봄새 울음소리에 즐거워하며 두견화 질끈 꺾어 머리에 꽂아 보고, 함박꽃 질끈 꺾어 입에 함쑥 물어 보고, 비단 저고리 반만 걷어 섬섬옥수 맑은 물에 손도 씻고 물도 머금는다. 조약돌 주워 들고 버들가지에 던져도 보고 버들잎 주루루 훑어 물에 훨훨 띄워도 본다.

광한루 경치 중에서도 오작교가 더욱 좋으니 가히 호남의 제일가는 경치로다. 오작교 분명하면 견우직녀 어디 있겠나.

이런 경치 좋은 곳에 풍월이 없겠는가. 도련님이 글 두 구절을 지으니,

높고 맑은 오작교의 배

광한루의 옥 계단이라

묻노니 하늘에서 내려온 직녀는 누구인가

흥겹도다, 오늘은 내가 견우라네

이때 술상이 나오니 이 도령 한 잔 먹은 후에 통인과 방자에게 물려 준다. 취흥이 도도해 담배 피워 입에 물고 이리저리 거닌다. 충청도 공주의 보련암이 좋다 하나 이곳 경치 당할쏜가. 붉을 단丹, 푸를 청靑, 흰 백白, 붉을 홍紅, 고을마다 단청이 곱고, 노란 벌, 흰나비, 왕나비는 향기 찾는 거동으로 날아가고 날아온다. 경치는 옥황상제 계신 곳 같은데 월궁 선녀가 없겠는가.

그넷줄 갈라 잡고 치맛자락 번뜻하며

때는 오월 단오니 일 년 중 가장 좋은 계절이었다. 월매 딸 춘향이도 시서와 음률에 능통했는데 단오를 맞아 그네를 타려고 향단이 앞세우고 내려온다.

난초같이 고운 머리 두 귀 눌러 곱게 땋아 금 봉황 비녀 꽂고, 비단 치마 두른 허리는 가는 버들 힘없이 드리운 듯, 아름답고 고운 태도 아장아장 흐늘거려 가만가만 나온다. 장림長林 속으로 들어가니 녹음방초綠陰芳草* 우거지고 금잔디 깔린 곳 백 척 높이 버드나무에서 그네를 뛰려 하는구나.

고운 비단 초록 장옷, 남색 명주 홑단치마 훨훨 벗어 걸어 두고 자줏빛 비단신 썩 벗어 던져두고 흰 비단 모시 속곳 턱 밑까지 치켜든다. 섬섬옥수 살풋 들어 양손에 그넷줄을 갈라 잡고 흰 버선발

* 녹음방초 푸르게 우거진 나무와 향기로운 풀

사뿐 올라 발 구른다.

버들 같은 고운 몸이 단정히 노니는데 뒷단장은 옥비녀 날렵한 은비녀에 앞치레는 밀화장도蜜花粧刀*에 옥장도요, 비단 겹저고리 태가 곱구나.

"향단아, 밀어라."

한 번 두 번 굴러 힘을 주니 발밑에 바람이 펄펄, 앞뒤 점점 멀어 간다. 머리 위 나뭇잎이 몸을 따라 흐늘흐늘, 나뭇가지 사이로 치맛자락 내비치니, 구름 사이 번개 치듯 앞뒤로 문득문득 나타난다. 앞에 어른거릴 때는 가벼운 제비가 떨어지는 복숭아꽃 쫓아가는 듯하고, 뒤에 번뜻할 때는 짝 잃은 호랑나비 가다가 돌아서는 듯하다. 무산 선녀 구름 타고 양대에 내리는 듯, 나뭇잎도 물어 보고 꽃도 질끈 꺾어 머리에다 꽂고는,

"애야, 향단아, 그네 바람이 독하여 어지럽구나. 그넷줄 붙들어라."

그넷줄 붙들려고 무수히 앞뒤로 오가며 한창 이리 노닐 적에 시냇가 바위에 옥비녀 떨어져 쟁쟁 소리 나고 '비녀, 비녀' 하는 소리 산호 채찍으로 옥쟁반 깨치는 듯, 그 태도 그 모습은 이 세상 사람이 아닌 듯했다.

* 밀화장도 밀랍 같은 누런빛이 나는 호박이라는 보석으로 꾸민 칼. 주머니 속에 넣거나 옷고름에 차고 다닐 수 있다.

춘향을 본 이 도령은 마음이 산란하고 정신이 어질해 혼잣말로 중얼거렸다.

"서시도 올 리 없고, 우미인도 올 리 없고, 왕소군도 올 리 없고, 반첩여도 올 리 없고, 조비연*도 올 리 없으니, 사람이 아니라 선녀인가."

도련님 혼이 나간 듯 온몸에 힘이 빠지니 진실로 젊은 총각이로구나.

"통인아."

"예."

"저 건너 꽃과 버드나무 사이 오락가락, 희뜩희뜩, 어른어른하는 게 무엇인지 자세히 보아라."

통인이 살펴보고 여쭈되,

"다른 무엇이 아니라 이 고을 기생 월매 딸 춘향이란 계집아이로소이다."

도련님이 엉겁결에 하는 말이,

"장히 좋다. 훌륭하다."

통인이 아뢰되,

"제 어미는 기생이나 춘향이는 도도하여 문장과 여공女功*을 겸

* 서시, 우미인, 왕소군, 반첩여, 조비연 중국 역사에 등장하는 이름난 미인들
* 여공 길쌈, 바느질, 수놓기 등

비했으니 평범한 집 처녀와 다름이 없나이다."

도령이 허허 웃고 방자를 불러 분부하되,

"들으니 기생의 딸이라니 급히 가 불러오라."

방자 놈 여쭈오되,

"눈처럼 흰 피부에 고운 자태 유명하여 한자리하는 양반들이 너도나도 보고 싶다 했으나, 미모와 덕행, 문필과 정절을 품은 천하절색이요, 여자 중의 군자라 불러오기 어렵습니다."

도령이 크게 웃고는,

"방자야, 네가 물건마다 주인이 있다는 말을 모르는구나. 형산의 백옥과 여수의 황금이 다 각각 주인이 있다. 잔말 말고 불러와라."

방자가 분부 듣고 춘향을 부르러 건너가는데 맵시 있는 방자 녀석, 연못에 서왕모의 편지 전하던 파랑새처럼 이리저리 건너가서,

"여봐라, 춘향아."

부르는 소리에 춘향이 깜짝 놀라 대답한다.

"무슨 소리를 그렇게 질러 사람의 정신을 놀라게 하느냐!"

"애야, 말 마라. 일이 났다."

"일이라니, 무슨 일."

"사또 자제 도련님이 광한루에 오셨다가 너 노는 모양을 보고 불러오라는 말씀이 났다."

춘향이 화를 내어,

"네가 미친 자식이구나. 도련님이 어찌 나를 알아서 부른단 말이

냐? 이 자식, 네가 내 말을 종달새 열매 까듯 늘어놓았나 보구나."

"아니다. 내가 괜히 네 말을 할 리 없다. 난 잘못이 없으니 너 잘못한 내력을 들어 보아라.

여자 행실로 그네를 타고 싶으면 자기 집 후원에 줄을 매고 남모르게 은근히 타야지. 광한루 가까운 이곳은 녹음이 우거져 꽃보다 좋은 때라, 냇가에 버드나무가 휘장처럼 늘어져서 바람에 겨워 흐늘흐늘 춤을 추지.

이런 곳에서 네가 그네를 타고 있으니 오이씨 같은 두 발길로 흰 구름 사이에 치맛자락이 펄럭펄럭, 백방사 속곳 자락도 펄렁펄렁, 박속같이 흰 네 살결도 희뜩희뜩, 도련님이 보시고 너를 부르시니 내가 무슨 말을 한단 말이냐. 잔말 말고 건너가자."

춘향이 대답하되,

"네 말이 맞긴 하지만 오늘은 단오일이라 나뿐 아니라 다른 집 처녀들도 함께 그네를 타고 있었다. 또 설혹 내 말씀을 할지라도 내가 기생이 아닌데 오라 가라 부른다고 갈 리가 있나. 당초에 네가 말을 잘못 들은 것이다."

방자가 할 수 없이 광한루로 돌아와 도련님께 여쭈오니 도련님 그 말 듣고,

"기특한 사람이구나. 그 말이 맞으니 다시 가서 이렇게 말하여라."

방자가 말씀 듣고 춘향에게 건너가니 그새 자기 집으로 돌아갔

구나. 춘향 집까지 찾아가니 모녀간 마주 앉아 점심밥을 먹고 있다. 방자를 보고는,

"너 왜 또 오느냐?"

"황송하다. 도련님이 다시 말씀하시기를, '내가 너를 기생으로 알아서가 아니라 네가 글을 잘한다기에 청하노라' 하신다. 보통 집 처녀를 부르는 것이 실례이나 나쁜 뜻이 아니니 잠깐 다녀가라 하시더라."

춘향의 넓은 마음에 인연이 되려고 그런지 갑자기 가 보고 싶은 마음이 나는데 어머니의 뜻을 몰라 말없이 앉아 있었다. 춘향 모 썩 나와 앉으며 말을 하는데,

"꿈이라는 것이 아주 헛된 것은 아니구나. 간밤 꿈에 청룡이 하나 연못에 잠겨 보이거늘 무슨 좋은 일이 있을까 하였지. 들으니 사또 자제 도련님 이름이 몽룡이라 하니 꿈 몽夢 자, 용 룡龍 자 신통하게 맞는구나. 양반이 부르시는데 아니 갈 수 있겠느냐. 잠깐 다녀와라."

춘향이가 그제야 못 이기는 체 겨우 일어나 광한루에 건너간다.

대명전 대들보에 앉은 어여쁜 새 걸음으로, 양지 바른 마당에 씨암탉 걸음으로, 흰 모래사장에 금자라 걸음으로, 월태화용月態花容* 고운 태도 천천히 걸어나가니 월나라 미인 서시 걸음으로 건너

* 월태화용 아름다운 여인의 얼굴과 맵시

오는구나.

도련님 난간에 절반만 기대어 서서 은은한 눈길로 바라보니 춘향이가 광한루에 가까운지라.

도련님 좋아라고 자세히 살펴보니, 예쁘고도 단정해 월태화용이 세상에 둘도 없고, 얼굴이 깨끗하니 맑은 강에 온 학이 눈 위에 내린 달빛에 비친 것 같고, 붉은 입술 흰 이를 살짝 보이니 별도 같고 옥도 같다. 붉은 치마 고운 빛은 석양에 안개가 비친 듯하고, 푸른 치마 영롱하니 은하수 물결 같다.

걸음을 옮겨 조용히 누각에 올라 부끄러이 서 있으니, 도련님이 통인에게 말한다.

"앉으라고 일러라."

춘향의 고운 태도 단정히 여미는 거동 살펴보니 흰 물결에 목욕하고 앉은 제비 같고, 화장기 없는 맨 얼굴이 나라 제일의 천연 미인이라.

속으로 생각하기를,

'구름 속의 밝은 달과 같고, 물속에 핀 연꽃 같다. 선녀 하나가 남원으로 유배 왔으니 월궁에 있던 선녀가 벗 하나를 잃었구나. 네 얼굴 네 태도는 세상 인물 아니로다.'

이때 춘향이 잠시 눈을 들어 이 도령을 살펴보니 세상의 호걸이요 재주가 진정 뛰어난 남자라. 이마가 높으니 젊어 이름을 떨칠 것이요, 이목구비가 귀하니 나라의 충신이 될 것이라. 흠모하는 마음이 생겨 눈썹을 숙이고 단정히 앉아 있을 뿐이었다.

이 도령 하는 말이,

"성현도 같은 성씨는 피한다 하였으니 네 성은 무엇이며 나이는 몇 살인가?"

"성은 성가옵고 나이는 열여섯이오."

이 도령 거동 보소.

"허허, 그 말 반갑도다. 네 나이 나와 동갑이구나. 이성 간의 좋은 연분 평생 동락하여 보자. 부모님은 모두 계시느냐?"

"홀어머니만 모시고 있소."

"몇 형제나 되느냐?"

"금년 육십 세 되신 모친 밑에 무남독녀 나 하나요."

"너도 남의 집 귀한 딸이로구나. 하늘이 정한 인연으로 우리 둘이 만났으니 평생 즐거움을 이루어 보자."

춘향이 거동 보소.

눈썹을 찌푸리며 고운 입술 열어 옥 같은 목소리로 말하기를,

"옛글에 충신은 두 임금을 섬기지 않고, 열녀는 두 남편을 섬기지 않는다고 말하였소. 도련님은 귀공자요, 소녀는 천첩이라 한번 정을 맺은 후 버리시면 일편단심 내 마음, 홀로 독방에서 지새우며 울어도 그 한을 누가 알겠소. 그런 분부 마시옵소서."

이 도령 하는 말이,

"네 말을 들어 보니 어찌 기특하지 않으랴. 우리 둘이 인연 맺을

때 금석같이 굳은 약속 맺으리라. 네 집이 어디냐?"

춘향이 여쭈오되,

"방자 불러 물으소서."

이 도령 허허 웃고,

"내 너더러 물을 일이 아니지. 방자야."

"예."

"춘향의 집이 어딘지 말하라."

방자 손을 넌짓 들어 가리키는데,

"저기 저 건너 동산이 울창하고, 푸른 연못에 물고기 뛰노는데 온갖 꽃 흐드러지게 피고, 나무마다 새들이 앉아 있으며, 바위 위 굽은 소나무는 늙은 용이 꿈틀대는 듯, 문 앞의 버들은 가지마다 친친 늘어진 집입니다.

들쭉나무, 측백나무, 전나무와 행자목이 마주 서 있고, 초당 문 앞에 오동나무, 대추나무, 물푸레나무, 포도, 다래, 으름덩굴 휘휘 친친 감겨 담장 밖에 우뚝 솟았으니 솔숲, 대숲 사이로 은은히 보이는 게 춘향의 집입니다."

도련님 이른 말이,

"집이 정결하고 소나무, 대나무 울창하니 여자의 절행을 알 수 있구나."

춘향이 일어나며 부끄러이 여쭈되,

"요즘 사람들의 인심이 고약하니 그만 놀고 가겠나이다."

도련님 그 말을 듣고,

"기특하다. 그럴 만하다. 오늘 밤 퇴령退令* 후에 너의 집에 갈 것이니 괄시나 하지 마라."

춘향이 대답하되,

"나는 몰라요."

"네가 모르면 쓰겠느냐? 잘 가거라. 오늘 밤에 만나자."

누각에서 내려가 집에 가니 춘향 모 마중 나온다.

"애고, 내 딸 다녀왔느냐? 도련님이 무엇이라 하시더냐?"

"무엇이라 하여요. 조금 앉았다가 가겠노라 일어나니 저녁에 우리 집에 오시마 하옵디다."

"그래 어찌 대답하였느냐?"

"모른다 하였지요."

"잘하였다."

* 퇴령 지방 관아에서 구실아치와 사령들에게 물러가도록 허락하던 명령

대학의 도는 춘향이에게 있다

이때 도련님이 춘향을 애틋하게 보낸 후에 책방으로 돌아와서도 만사에 뜻이 없고 다만 생각이 춘향이라. 말소리 귀에 쟁쟁, 고운 태도 눈에 삼삼, 해 지기를 기다린다.

방자를 부르고는,

"해가 어느 때나 되었느냐?"

"동쪽에서 막 뜨고 있나이다."

도련님 대노해서,

"이놈, 괘씸한 놈. 서쪽으로 지는 해가 동쪽으로 가겠느냐. 다시 살펴보라."

이윽고 방자 여쭈되,

"이제 황혼이 되어 동쪽에서 달이 뜨려 하옵니다."

저녁밥이 맛이 없어 이리저리 뒤척이니 어이하리.

퇴령을 기다리며 서책을 보려 한다. 책상을 앞에 놓고 서책을 뒤적거리는데《중용》《대학》《논어》《맹자》《시전》《서전》《주역》이며《고문진보》《통감》《십팔사략》과 이백의 시, 두보의 시,《천자문》까지 내놓고 글을 읽으니,

"《시전》이라. 끼룩끼룩 물새는 물가에서 놀고 아름다운 숙녀는 군자의 좋은 짝이로다. 아서라, 그 글도 못 읽겠다."

《대학》을 읽으니,

"대학의 도는 밝은 덕을 밝히는 데 있고 백성을 새롭게 하는 데 있고 춘향이에게 있다. 그 글도 못 읽겠다."

《주역》을 읽으니,

"원은 형코 정코 춘향이 코, 딱 댄 코, 좋고 하니라. 그 글도 못 읽겠다."

《맹자》를 읽으니,

"맹자께서 양혜왕을 뵈오니 왕께서 말하기를, 천 리 길을 멀다 하지 않고 오셨으니 춘향이 보시러 오셨나이까?"

《십팔사략》을 읽는데,

"태고에 천황씨가 쑥떡으로 왕이 되어* 섭제에서 나라를 일으키니 백성들이 저절로 교화되었으며 형제 열두 명이 모두 일만 팔천 살까지 살았다."

* 태고에 천황씨가 쑥떡으로 왕이 되어 원래《십팔사략》의 첫 구절은 "태고에 천황씨가 목덕木德으로 왕이 되어"다. 춘향을 생각하다가 '목덕'을 엉뚱한 '쑥떡'으로 읽은 것이다.

방자가 여쭈되,

"여보 도련님, 천황씨가 목덕木德으로 왕이 되었단 말은 들었으되 쑥떡으로 왕이 되었단 말은 금시초문이오."

"이 자식, 네가 몰라서 하는 말이다. 천황씨는 일만 팔천 살까지 살던 양반이라 이가 단단하여 목떡을 잘 드셨지만 지금의 선비들이 목떡을 먹을 수 있겠느냐? 공자님께서 후생을 생각하여 명륜당에 나타나셔서 지금 선비들은 이가 부실하여 목떡을 못 먹으니 물씬물씬한 쑥떡으로 치라 하여 삼백육십 주의 향교에 연락을 보내 쑥떡으로 고쳤느니라."

방자가 듣다가 말을 하되,

"여보, 하느님이 들으시면 깜짝 놀라실 거짓말도 다 들어 보겠소."

또 〈적벽부〉를 들여놓고,

"임술년 가을 칠월 십육일 소동파는 손님들과 함께 배를 타고 적벽 아래에서 노닐었다. 맑은 바람은 소슬히 불어오고 물결은 잔잔했다. 아서라, 그 글도 못 읽겠다."

《천자문》을 읽으니,

"하늘 천, 따 지."

방자가 듣고,

"여보, 도련님. 점잖은 도련님이 천자가 웬일이오?"

"천자라 하는 글이 사서삼경의 근본이다. 양나라의 주흥사가 하룻밤에 이 글을 짓고 머리가 하얗게 세어서 책 이름이 백수문白

首文이다. 하나하나 새겨 보면 빼뚱 쌀 일 많지 않겠느냐."

"소인 놈도 천자 속은 아옵니다."

"안다 하니 읽어 보아라."

"예, 들으시오. 높고 높은 하늘 천, 깊고 깊은 따 지, 홰홰 친친 감을 현, 불에 탔다 누를 황."

"에이 이놈아. 상놈이 틀림없구나. 이놈 어디서 각설이 타령 하는 놈의 말을 들었나 보다. 내가 읽을 테니 들어라.

하늘이 자시子時* 에 열리니 광대하다 하늘 천天,

땅이 축시丑時* 에 생기니 따 지地,

삼십삼천 넓고 넓으니 검을 현玄,

금목수화토 중 땅의 색깔 누를 황黃,

옥 같은 집이 또 빛난다 집 우宇,

옛것은 가고 새것이 오니 집 주宙,

우임금이 다스리고 기자가 법을 정하니 넓을 홍洪,

삼황오제 돌아가신 후 간신 무리 판을 친다 거칠 황荒,

동방의 새벽이 밝아 오니 해가 솟아오른다 날 일日,

백성들이 부르는 격양가 소리에 달 떠오른다 달 월月,

차가운 초승달 하루하루 불어나 보름 되니 찰 영盈,

* 자시 밤 11시~새벽 1시
* 축시 새벽 1시~새벽 3시

보름날 밝은 달이 다음 날부터 기울 측昃,

이십팔 별자리가 그려 놓은 일월성신 별 진辰,

오늘 밤은 기생집에서 자는구나 원앙금침에 잘 숙宿,

절대가인 좋은 풍류 나열하니 벌일 열列,

달빛 깊은 밤 온갖 그리운 마음 베풀 장張,

찬바람 소슬하게 부니 침실에 들거라 찰 한寒,

베개가 높거든 내 팔을 베어라, 이만큼 올 래來,

끌어당겨 질끈 안으니 눈보라 찬바람에도 더울 서暑,

침실이 더우면 겨울바람 취하여 이리저리 갈 왕往,

춥지도 덥지도 않은 때는 언제인가 나뭇잎 지는 가을 추秋,

백발이 나니 소년 풍모 거둘 수收,

낙엽 진 나무에 찬바람 부니 겨울 동冬,

오매불망 우리 사랑 깊은 곳에 감출 장藏,

어젯밤 핀 연꽃 이슬비 맞은 모습 부드러울 윤潤,

이러한 고운 태도 평생 보고 남을 여餘,

백년가약 깊은 맹세 만 이랑 푸른 물결 이룰 성成,

이리저리 노닐 적에 세월 모를 해 세歲,

아내 박대 못하니《대전통편》법 율律,

군자의 좋은 짝은 이 아니냐 춘향 입과 내 입을

한데 대고 쪽쪽 빠니 풍류 려呂.

애고애고, 보고 싶구나!”

소리를 크게 질러 놓으니 이때 사또가 저녁 진지 잡수시고 식곤증이 나 평상에서 취침하시다가 '애고, 보고 싶구나' 소리에 깜짝 놀라,

"이리 오너라."

"예."

"책방에서 누가 생침을 맞느냐, 아픈 다리를 주무르고 있느냐? 가서 알아 오너라."

통인이 들어가,

"도련님 웬 목청이 그리 크오? 고함 소리에 사또가 놀라셔서 무슨 일인지 알아 오라 하시오."

'딱한 일이다. 남의 늙은이는 귀 어두운 병도 있던데 귀가 너무 밝은 것도 예삿일 아니구나' 하면서도, 도련님 크게 놀라 이렇게 말한다.

"이대로 여쭈어라. 내가 《논어》를 보다가 한 구절을 보고 나도 그렇게 할까 하는 마음에 목소리가 높아졌다고 그렇게 여쭈어라."

통인이 들어가 그대로 여쭈니, 사또가 도련님에게 공부 욕심 있음을 좋아해서,

"이리 오너라. 책방에 가서 목 낭청* 을 조용히 불러오라."

고리타분하게 생긴 낭청이 들어와 인사한다.

* 낭청 지방 관아에 소속된 하위 관직명

"사또, 그새 심심하셨지요?"

"아, 그리 앉으시오. 사실 아이 시절에 글 읽기만큼 싫은 것이 없지 않소. 그런데 우리 아이 공부하는 걸 보니 어찌 아니 즐겁겠소."

이 양반은 영문을 아는지 모르는지 건성으로 대답한다.

"아이 때 글 읽기같이 싫은 게 없지요."

"잠도 오고 꾀도 나지. 그런데 이 아이는 글 읽기를 밤낮없이 한다오."

"예, 그럽디다."

"글씨 쓰는 법도 뛰어나지."

"그렇지요. 점 하나만 찍어도 산에서 돌이 굴러떨어진 것 같고, 한 일一 자만 써도 천 리에 구름이 피어오르는 듯하고, 갓머리宀는 처마에 올라앉은 참새 같고, 필법을 말하자면 비바람에 번개가 치듯 하지요. 내리그어 채는 획은 노송이 절벽에 거꾸로 매달린 것 같고, 창 과戈 자로 말하자면 마른 등나무 넝쿨처럼 뻗치다가 도로 끌어올리는 곳은 성난 활 끝 같고, 기운이 부족하면 발길로 툭 차올려도 획은 획대로 다 되더이다."

"저 아이 아홉 살 때 마당에 있는 늙은 매화나무를 보고 글을 지으라고 했더니 금세 지은 것이 수준이 높은지라. 한번 보면 잊지 않으니 조정의 당당한 벼슬자리 할 것이네."

"장래 정승을 할 것이오."

사또 너무 감격해서,

“정승이야 어찌 바라겠나. 그러나 내 생전에 급제는 쉽게 하겠지. 급제만 하면 육품의 벼슬자리는 하지 않겠는가.”

“아니오. 그리할 말씀 아니오. 정승을 못하면 장승이라도 되지요.”

사또가 정색하고 호령하기를,

“자네 지금 누가 하는 말로 알고 대답을 그리하나?”

“대답은 하였으나 누구 말인지 몰라요.”

이때 이 도령은 퇴령 놓기를 기다리고 있구나.

“방자야.”

“예.”

“퇴령 놓았나 보아라.”

“아직 아니 놓았소.”

조금 있더니 “하인 물리라” 퇴령 소리가 길게 난다.

“좋다 좋다. 옳다 옳다. 방자야, 등불에 불 밝혀라.”

통인 하나 뒤를 따라 춘향의 집 건너가는데 자취 없이 가만가만 걷는다.

“방자야, 사또 방에 불 비친다. 등불을 옆에 껴라.”

삼문 밖에 썩 나서니 좁은 골목에 달빛이 영롱하구나. 지체 말고 어서 가자.

평생 기약 맺은 날

그럭저럭 당도하니 인연 맺을 좋은 때를 찾는 것이라. 춘향 집 앞에 도착하니 시간은 야심하고 인적 드문데 달빛이 삼경三更* 이라. 물고기가 뛰놀고 대접같이 큰 금붕어가 임을 반기는 듯, 달빛 아래 두루미도 흥에 겨워 짝을 부른다.

이때 춘향이 칠현금을 비스듬히 안고 남풍시南風詩* 를 읊다가 잠자리에서 조는구나. 방자가 가만히 들어가서,

"춘향아, 잠들었냐?"

춘향이 깜짝 놀라,

"네가 어찌 왔느냐?"

"도련님이 와 계시다."

* 삼경 밤 11시~새벽 1시
* 남풍시 중국 순임금이 백성들의 풍요를 바라며 지은 시

춘향이가 이 말을 듣고 가슴이 울렁울렁, 부끄러움을 못 이기고 건넌방 건너가서 저의 모친 깨운다.

"어머니, 무슨 잠을 이다지 깊이 주무시오?"

춘향 모 잠을 깨어,

"아가, 무엇을 달라고 부르느냐?"

"누가 무엇을 달라고 했소?"

"그러면 어찌 불렀느냐?"

엉겁결에 하는 말이,

"도련님이 방자 모시고 오셨다오."

춘향 모가 문 열고 방자 불러 묻는 말이,

"뉘가 왔다고?"

방자 대답하되,

"사또 자제 도련님이 와 계시오."

춘향 모 그 말 듣고,

"향단아."

"예."

"뒤 초당에 자리 마련하고 등불 밝혀 놓아라."

당부하고 춘향 모가 나오는데, 세상 사람들이 다 춘향 모를 일컫더니 과연이로다.

예부터 사람은 외가를 닮는다더니 그래서 춘향같이 예쁜 딸을 낳았구나. 나이 오십이 넘었는데 단정한 거동이 뛰어나게 곧으며 살결이 곱고 복이 많아 뵈는지라. 점잖게 신발을 끌며 가만가만 방자를 따라 나온다.

이때 도련님이 이리저리 배회하고 돌아보며 무료히 서 있을 때 방자가 나와 여쭈되,

"저기 오는 게 춘향의 모로소이다."

춘향 모가 나오더니 손을 모아 인사하며,

"도련님 문안이 어떠시오?"

도련님 반만 웃고,

"춘향의 모인가? 평안한가?"

"예, 겨우 지냅니다. 오실 줄 몰라서 대접이 영 부족합니다."

"그럴 리가 있나."

춘향 모 앞에 서서 인도하며 대문, 중문 지나 뒤뜰로 들어간다. 별당에 등불을 밝히니 버들가지 늘어져 불빛 살짝 가린 것이 구슬발 걸어 놓은 듯, 오른쪽 벽오동에는 맑은 이슬 뚝뚝 떨어지고 왼쪽 소나무는 바람 불 때마다 꿈틀대는 노룡 같다. 창문 앞 심은 난초 이파리 빼어나고 이슬 맺힌 연꽃은 연못 위에 떠 있으며 대접 같은 금붕어는 출렁 툼벙 굼실 뛰어논다. 계단 아래 학 두루미 죽지를 떡 벌리고 긴 다리로 징검 끼룩 뚜루룩 울음소리 내고, 계수나무 아래에서 삽살개가 짖으며, 연못 가운데 둥덩실 뜬 쌍오리는 손님을 기다린 듯하구나.

처마 밑에 다다르니 그제야 춘향이 저의 모친 말을 따라서 방문

을 살짝 열고 나온다. 그 모양을 살펴보니 밝은 달이 구름 밖에 솟은 듯 황홀한 모양을 말로 다 하기 어렵도다. 부끄러운 듯 가만히 서 있는 거동 사람의 간장을 다 녹인다.

도련님 반만 웃고 춘향에게 묻는 말이,

"피곤하지 않으냐. 밥은 잘 먹었느냐."

춘향이 부끄러워 대답하지 못하고 묵묵히 서 있자, 춘향 모가 먼저 도련님을 모신 후에 차를 권하고 담배를 붙여 올린다.

도련님 이런 일이 처음인 탓에 밖에서는 무슨 말이라도 할 것 같았으나 막상 들어가 앉고 보니 별로 할 말이 없고 괜히 추운 듯 떨리고 기침이 나며 아무리 생각해도 할 말이 없는지라.

방 안을 둘러보니 여러 물건이 놓였는데 춘향 모가 유명한 기생이라 그 딸을 주려고 장만한 것이었다. 용과 봉황을 새긴 옷장, 명필의 글씨 사이에 달나라 선녀를 그린 〈월선도月仙圖〉, 견우직녀 만나는 오작교 그림이 걸려 있다. 그 옆에 춘향이 쓴 글씨가 붙어 있는데,

> 봄바람 속 대나무는 운치 있는데
>
> 밤새 향 피우고 책 읽는구나

"이 시는 중국의 옛 효녀 목란의 절개에 대한 것이구나. 기특하다."

도련님이 춘향이를 칭찬하자 춘향 모가 말했다.

"귀하신 도련님이 누추한 곳을 방문하시니 황공하옵니다."

도련님이 그 말 한마디에 말문이 겨우 트였다.

"그렇지 않네. 오늘 광한루에서 춘향을 잠깐 보고 마음에 두고는 자네를 보러 온 걸세. 춘향과 내가 백년언약을 맺고자 하는데 자네 뜻은 어떠한가?"

춘향 모가 말하기를,

"말씀 황송하오나 제 말 좀 들어 보시오.

자하골 성 참판 영감이 저와 연분 맺고 석 달 만에 올라가신 후 저것을 낳았지요. 저 아이가 젖줄 떼면 데려간다 하셨는데 불행히 그 양반이 세상을 떠났다오. 저 혼자 저것을 길러 내는데 양반의 씨가 있는 자식이라 하나를 가르치면 만사를 깨우치고 행실도 점잖고 올바르니 누가 내 딸이라 하겠소. 양반가는 높아서 못 보내고 서자 집안에는 낮아서 못 보내고, 하루하루 혼인만 늦어지며 걱정일 뿐이오. 도련님은 백년가약 말씀하오나 그런 말씀은 접어 두고 잠깐 놀다 가옵소서."

이 말은 참말이 아니라 이 도령이 춘향을 얻는다 하니 앞일이 어찌 될지 몰라 미리 단단히 해 두려고 하는 말이었다.

이 도령 기가 막혀,

"좋은 일에는 나쁜 일이 많이 끼어든다더니 그 말대로일세. 춘향과 내가 각각 처녀 총각이니 서로 언약하면 정식 혼례는 못 해도 양반 자식이 한 입으로 두말하겠는가."

춘향 어미가 이 말을 듣고,

"또 내 말 들어 보오. 옛 책에 이르기를, '신하를 알아주는 것은 임금이요, 아들을 알아주는 것은 아버지라'고 하였소. 내 딸은 어미인 내가 잘 알지 않겠소. 어려서부터 속이 깊고 행실이 바르며 지조가 철석같았다오. 소나무, 대나무, 전나무가 사철 푸름을 다투는 듯, 상전벽해桑田碧海* 될지라도 내 딸 마음 변하겠소. 금은, 비단이 산처럼 쌓인대도 내 딸 지조 변하겠소. 도련님이 욕심 부려 부모 몰래 인연 맺었다가 나중에 버려지면 옥 같은 내 딸 신세 깨진 구슬 될 것이고 짝 잃은 원앙새 될 것이니 그때는 어쩌겠소."

도련님 더욱 답답해서,

"그것은 두 번 염려하지 마소. 특별하고 간절한 마음 내 가슴에 가득하니 저와 내가 신세 달라도 평생 기약 맺을 때 바다같이 깊은 마음 춘향이 사정 모르겠는가."

이렇게 말하니 청실홍실 정식 혼례로 만난대도 이보다 더 뾰족할까.

"내 저 아이를 조강지처로 여길 테니 우리 부모님 염려 마시오. 대장부가 한번 마음먹었는데 훗날 박대하겠는가. 허락만 하여 주소."

* 상전벽해 뽕나무밭이 변해 푸른 바다가 된다는 뜻. 세상일의 심한 변화를 비유적으로 나타내는 말이다.

춘향 어미 이 말 듣고 이윽히 앉았더니 꿈을 꾼 것이 있는지라 연분인 줄 알고 허락한다.

"봉鳳이 나니 황凰이 나고, 장군 나니 용마 나고, 남원에 춘향 나니 이화춘풍 꽃답구나. 향단아, 술상 마련하였느냐?"

"예."

대답하고 술과 안주를 차려 온다. 안주를 보아하니 차림새가 정결하다.

대양푼 갈비찜, 소양푼 제육찜,
풀풀 뛰는 숭어찜,
푸드덕 나는 메추리탕,
잘 드는 칼로 전복을 눈썹처럼 오려 놓고,
염통산적, 양볶음, 꿩 요리,
냉면은 비벼 놓고,
생밤과 삶은 밤, 잣송이에
호두, 대추, 석류, 유자, 감, 앵두, 배를
보기 좋게 놓았구나

술병들을 보아하니
티끌 없는 백옥병,
바다 같은 산호병,

오동잎 떨어지는 연못 같은 오동병,

목 긴 황새병,

당나라 그림 있는 당화병,

금장식 쇄금병,

소상강 동정호의 죽절병,

거기에 은주전자, 동 주전자, 금 주전자를

차례로 놓았으니 제대로 갖추었구나

술 이름을 보아하니

이백 포도주,

신선의 자하주,

산림처사 송엽주,

과하주, 방문주, 백일주,

천일주, 금로주, 소주,

약주, 향기로운 연엽주 놓여 있다

그중에 골라내어

주전자에 가득 부어

금잔, 옥잔, 앵무잔에 따르고

청동화로 위

냉수 끓는 냄비에 띄워 놓고

차지도 덥지도 않게 데워 낸다

그 모습이 신선 세계 연꽃 배 띄운 듯
영의정 타는 파초선 띄운 듯
둥덩실 띄워 놓고
권주가 한 곡조에
한 잔, 한 잔, 또 한 잔이로구나

이 도령 하는 말이,

"관청도 아닌데 어찌 이리 잘 차렸는가?"

춘향 모 여쭈되,

"내 딸 춘향 곱게 길러 군자의 좋은 짝으로 평생 금슬 좋게 살려면 사랑방에 오시는 손님들, 영웅호걸 문사들, 죽마고우 친구들 대접하려면 보고 배워야 하지 않겠소. 아내가 부족하면 가장의 낯을 깎게 되오. 내가 힘써 가르치려고 돈 생기면 사 모으고 음식 만들어 눈과 손에 익히게 하고 한 때도 놀지 않고 마련하였소. 부족하다 마시고 구미대로 잡수시오."

앵무잔에 술 가득 부어 도련님께 드리니 이 도령 잔 받고 탄식한다.

"내 마음대로 한다면 정식 혼례를 행할 것이나 그러지 못하고 개구멍서방* 으로 들고 보니 이 아니 원통한가. 춘향아, 그러나 우리 둘이 이 술을 혼례 술로 알고 먹자."

한 잔 부어 들고,

"내 말 들어라. 첫째 잔은 인사주요, 둘째 잔은 합환주合歡酒* 라. 이 술로 우리 인연의 근본을 삼으리라. 월하노인이 맺어 준 우리 연분, 천만년 변치 않을 연분, 대대로 자손 번성하여 백 세까지 누리다가 한날한시에 죽게 되면 천하에 제일가는 연분이지."

술잔 들어 잡순 후에,

"향단아, 술 부어 너의 마님께 드려라. 장모, 경사 술이니 한 잔 먹소."

춘향 모 술잔 들고 한편으론 기쁘고 한편으론 슬퍼 말한다.

"오늘이 내 딸 백년고락을 맡기는 날이니 무엇이 슬프겠소. 다만 저것 길러 낼 때 애비 없이 서럽게 길렀으니 영감 생각이 나서 마음이 슬프고 허전하오."

춘향 모 몇 잔을 먹은 후 도련님이 통인 불러 상 물려 준다.

"너도 먹고 방자도 먹어라."

통인, 방자 상 물려 먹은 후에 대문, 중문 다 닫고 춘향 어미가 향단을 불러 자리를 깔라고 시키는구나. 원앙금침, 잣베개와 샛별 같은 요강에 자리를 깔아 놓고,

"도련님, 평안히 쉬옵소서. 향단아, 나오너라. 나와 함께 자자."

* 개구멍서방 정식 혼례를 올리지 않고 남몰래 드나들며 남편 행세를 하는 남자를 낮잡아 이르는 말
* 합환주 전통 혼례식에서 신랑 신부가 서로 잔을 바꾸어 마시는 술

둘이 다 건너간 후에 춘향과 도련님이 마주 앉아 놓으니 그 일이 어찌 되겠는가. 노을빛 받으면서 삼각산에 봉황과 학이 춤추는 듯, 두 팔을 들어 춘향의 섬섬옥수를 받드는 듯 꼬옥 잡고는 공교하게 옷을 벗기다가 두 손을 썩 놓고는 춘향의 가는 허리를 담쏙 안는다.

"치마를 벗어라."

춘향이 처음 일일 뿐 아니라 부끄러워 고개를 숙이고 몸을 트니 이리 곰실 저리 곰실, 푸른 물결에 연꽃이 미풍 만나 흔들리는 듯, 도련님 치마 벗겨 제쳐 놓고 바지 속옷 벗길 적에 무한히 실랑이를 한다. 이리 굼실, 저리 굼실, 동해 청룡이 굽이를 치는 듯.

"아이고 놓아요, 좀 놓아요."

"에라, 안 될 말이로다."

실랑이 중에 옷끈을 끌러 발가락에 딱 걸고서 춘향이를 안고 진득이 누르며 기지개를 켜니, 발길 아래 옷이 떨어진다. 옷이 활딱 벗어지니 형산의 백옥이 여기에 비할쏘냐. 도련님 춘향의 거동 보려고 슬그머니 놓으면서

"아차차, 손 빠졌다."

하니, 춘향이가 이불 속으로 달려든다. 도련님 왈칵 쫓아 드러누워 저고리를 벗겨 내어 도련님 옷과 모두 한데다 둘둘 뭉쳐 한편 구석에 던져 두고 둘이 안고 마주 누웠으니 그대로 잘 리가 있나. 땀을 내고 힘을 쓰니 삼베 이불 춤을 추고, 샛별 요강은 장단 맞

추어 쟁강쟁강, 문고리는 달랑달랑, 등잔불은 가물가물, 맛이 있게 잘 자고 났구나. 그 가운데 재미있는 일이야 오죽하랴.

어화둥둥 내 사랑아

하루 이틀 지나가니 어린 것들이라 새로운 맛이 갈수록 새로워 부끄러움은 차차 없어지고 서로 놀리기도 하고 우스운 말도 하다 보니 자연히 〈사랑가〉가 되었구나. 사랑으로 노는데 꼭 이 모양으로 노는 것이었다.

사랑 사랑 내 사랑이야

동정호 칠백 리 달빛에 무산같이 높은 사랑

끝없는 물가에 하늘같이 바다같이 깊은 사랑

옥산에 달 밝은데 가을 산 봉우리 달 구경하는 사랑

일찍이 춤 배울 때 소사 농옥 부부처럼 통소 불던 사랑

유유히 해 지고 구슬발 사이 달 비칠 때 도리화처럼 비치는 사랑

가냘픈 초승달 분 바른 듯 하얀데 웃음 교태 머금은 숱한 사랑

월하에 삼생연분 너와 내가 만난 사랑

허물없는 부부 사랑

꽃 피고 비 오는 동산에 목단화같이 펑퍼지고 고운 사랑

연평 바다 그물같이 얽히고 맺힌 사랑

직녀가 짠 은하수 비단같이 올올이 이은 사랑

청루 미녀의 이불같이 솔기마다 감친 사랑

시냇가 수양버들처럼 청처지고 늘어진 사랑

남북 창고에 쌓은 곡식같이 다물다물 쌓인 사랑

은장 옥장 장식같이 이모저모 잠긴 사랑

산에 비친 붉은 이슬 봄바람에 넘노나니 벌과 나비 꽃을 물고 즐긴 사랑

푸른 물결 원앙새처럼 마주 둥실 떠노는 사랑

매년 칠월 칠석 밤에 견우직녀 만난 사랑

육관대사 제자 성진이가 팔선녀와 노는 사랑

산 뽑는 기세의 대장부 초패왕이 우미인을 만난 사랑

당나라 명황제가 양귀비 만난 사랑

명사십리 모래밭 해당화같이 연연하게 고운 사랑

네가 모두 사랑이로구나

어화둥둥 내 사랑아, 어화 내 간간 내 사랑이로구나

"여봐라, 춘향아. 저리 가거라. 가는 태를 보자.

이만큼 오너라. 오는 태를 보자.

빵긋 웃고 아장아장 걸어라. 걷는 태를 보자.

너와 나와 만난 사랑,

생전 사랑 이러하고 어찌 사후 기약 없겠느냐.

너 죽어 될 것 있다.

너는 죽어 글자 될 때 따 지地 자, 그늘 음陰 자,

아내 처妻 자, 계집 녀女 자 변이 되고,

나는 죽어 글자 될 때 하늘 천天 자, 하늘 건乾 자,

지아비 부夫, 사내 남男,

아들 자子가 되어 계집 녀 변에다 딱 붙이면

좋을 호好 자로 만나 보자. 사랑 사랑, 내 사랑.

또 너 죽어 될 것 있다.

너는 죽어 물이 될 때

은하수, 폭포수, 만경창해수,

청계수, 옥계수, 일대 장강 다 관두고

칠 년 가뭄에도 넉넉하게 젖어 있는

음양수란 물이 되고,

나는 죽어 새가 될 때

두견새도 아니고

청조, 청학, 백학, 대붕조 다 관두고,

쌍으로 오가며 떠날 줄 모르는 원앙이란 새가 되어,

어화둥둥 떠서 놀거든 나인 줄 알려무나.

사랑 사랑 내 간간 내 사랑이야."

"아니, 그것도 나 아니 될라오."
"그러면 너 죽어 될 것 있다.
너는 죽어 장안 종로의 인경* 되고,
나는 죽어 인경 망치 되어
깊은 밤하늘 별만 총총하여
봉홧불도 다 꺼진 깜깜한 밤이 되면
첫 인경 치는 소리 뎅뎅 칠 때마다
다른 사람들은 인경 소리인 줄 알아도
우리 속으로는 '춘향 뎅, 도련님 뎅' 만나 보자꾸나.
사랑 사랑 내 간간 내 사랑이야."

"아니, 그것도 나는 싫소."
"그러면 너 죽어 될 것 있다.
너는 죽어 방아 절구가 되고
나는 죽어 방앗공이*가 되어
경신년 경신월 경신일 경신시에

* 인경 조선 시대에 통행금지를 알리거나 해제하기 위해 치던 종
* 방앗공이 절구 속에 든 물건을 찧는 데 쓰는 길쭉한 몽둥이

강태공이 만든 방아 그저
'떨구덩 떨구덩' 찧거들랑 나인 줄 알려무나.
사랑 사랑 내 사랑, 내 간간 사랑이야."

춘향이 하는 말이,
"싫소. 그것도 내 아니 될라오."
"어찌하여 그러하냐?"
"나는 어찌 이생이나 후생이나
밑으로만 되라 하오? 재미없어 못 쓰겠소."
"그러면 너 죽어 위로 가게 하마.
너는 죽어 맷돌 위짝이 되고
나는 죽어 밑짝이 되어,
이팔청춘 어리고 고운 여인들이
섬섬옥수로 맷돌 대를 잡고 슬슬 돌려
하늘과 땅처럼 휘휘 돌아가면
나인 줄을 알려무나."

"싫소. 그것도 아니 될래요.
맷돌은 위로 생긴 것이 더 화가 나오.
무슨 원수로
일생 한 구멍이 더하니 아무것도 나는 싫소."

"그러면 너 죽어 될 것 있다.
너는 죽어 명사십리 해당화가 되고
나는 죽어 나비 되어
나는 네 꽃송이 물고 너는 내 수염 물고
춘풍이 건듯 불면
너울너울 춤추고 놀아 보자.
사랑 사랑 내 사랑이야. 내 간간 사랑이지.
이리 보아도 내 사랑, 저리 보아도 내 사랑,
모두 내 사랑 같으면 사랑 걸려 살 수 있나.
어화둥둥 내 사랑,
내 예뻐 내 사랑이야.
빵긋빵긋 웃는 것은
꽃 중의 왕 모란이
하룻밤 이슬비 맞고 반만 핀 듯
아무리 보아도 내 사랑 내 간간이로구나."

"아니, 그것도 나는 싫어요."

"그러면 어쩌잔 말이냐. 너와 나와 정이 있으니 정情 자로 놀아 보자."

"들어 봅시다."

"내 사랑아, 들어 보아라.

너와 나와 유정하니 어이 아니 다정하리.

출렁이는 긴 강물

저 멀리서 떠나온 나그네의 정,

다리에서 이별할 때 서로 떠나지 못하니

강가의 나무들이 안타까워 품은 정,

남포에서 임 보내며 못내 슬픈 정,

사람들이 다 지켜본 내 이별의 정,

한 태조의 희우정, 삼정승 육판서 백관조정,

도량청정, 각씨 친정, 친구들끼리 통하는 정,

난세 평정, 우리 둘 천년의 정,

달 밝고 별 드문 소상강 동정, 세상 만물 조화정,

근심 걱정, 소지 원정, 주는 인정, 음식 투정,

복 없는 저 방정, 송정, 관정, 내정, 외정,

애송정, 천양정, 양귀비 침향정,

아황 여영의 소상정, 한송정,

백화만발 호춘정, 기린봉 달 뜨는 육모정,

너와 나와 만난 정,

이 정을 말하자면 내 마음은 원형이정元亨利貞, 네 마음은 일편탁정*

이렇게 다정하다가 만일 파정하면 복통이 걱정되니

진정으로 원정하자는 그 정 자다."

춘향이가 좋아하며 하는 말이,

"정 속은 아주 좋소. 우리 집 재수 있게 안택경*도 좀 읽어 주오."

도련님 허허 웃고,

"그뿐인 줄 아느냐? 또 있지야. 궁宮 자 노래를 들어 보아라."

"애고, 이상하고 우습소. 궁 자 노래가 무엇이오?"

"들어 보아라. 좋은 말이 많으니라.

좁은 천지 열리는 개탁궁,

뇌성벽력에 신비한 기운 어린 창합궁,

은나라 왕의 대정궁,

진시황의 아방궁,

한 태조의 함양궁,

그 옆에 장락궁,

반첩여의 장신궁,

당명황제 상춘궁,

이리 올라 이궁,

저리 올라 별궁,

* 소지 원정, 원형이정, 일편탁정 소지 원정은 억울한 일을 하소연하는 것, 원형이정은 하늘이 갖추고 있는 네 가지 덕으로 세상의 모든 것이 생겨나서 자라고 이루어지고 거두어진다는 뜻, 일편탁정은 한 조각 기댄 정

* 안택경 집안에 탈이 없도록 무당이나 맹인을 불러 집 지키는 신들을 위로할 때 읽는 경문

용궁 속 수정궁,

월궁 속 광한궁,

너와 나와 합궁하니 한평생 무궁,

이 궁 저 궁 다 버리고

네 다리 사이 수룡궁에 나의 힘줄 방망이로 길을 내자꾸나."

"그런 잡담은 하지 마오."

"그게 잡담이 아니로다. 춘향아, 우리 둘이 업음질이나 하자."

"애고, 참 잡상스러워라. 업음질을 어떻게 하여요?"

이 도령이 업음질 여러 번 해 본 것처럼 대답한다.

"업음질은 천하에 쉽다. 너와 나와 활씬 벗고, 업고 놀고 안고도 놀면 그게 바로 업음질이란다."

"애고, 나는 부끄러워 못 벗겠소."

"에라, 요 계집아이야. 안 될 말이다. 내가 먼저 벗으마."

버선, 대님, 허리띠, 바지, 저고리 활씬 벗어 한편 구석에 밀쳐 놓고 우뚝 서니 춘향이 그 거동을 보고 빵긋 웃고 돌아서며 하는 말이,

"영락없는 낮도깨비 같소."

"오냐, 네 말이 맞다. 천지만물이 짝 없는 게 없으니, 너랑 나랑 두 도깨비같이 놀자."

"그러면 불이나 끄고 노셔요."

"불이 없으면 무슨 재미 있겠느냐? 어서 벗어라, 어서 벗어라."

"애고, 나는 싫어요."

도련님이 춘향 옷을 벗기려 넘놀면서 어룬다.

만첩청산 늙은 호랑이가 살 오른 암캐를 물어다 놓고
이가 없어 먹지는 못하고 '흐르릉 흐르릉 아웅' 어르는 듯,
북해 흑룡이 여의주를 입에 물고 구름 속에 넘노는 듯,
봉황이 대나무 열매 물고 오동나무 사이에 넘노는 듯,
청학이 난초 물고 오동나무 소나무 사이 춤추는 듯.
춘향의 가는 허리를 한 팔로 휘감아 담쑥 안고
기지개 아드득 떨며 귓밥도 쪽쪽 빨고 입술도 쪽쪽 빨며
주홍 같은 혀를 물고 쌍쌍이 오가는 비둘기같이
'꾹꾹 끙끙 으흥'거려 뒤로 돌려 담쑥 안고 젖을 쥐고 발발 떨며
저고리, 치마, 바지 속곳까지 벗겨 놓으니
춘향이 부끄러워 한쪽으로 돌아앉는다.

도련님 답답해서 가만히 살펴보니 얼굴에 구슬땀이 송송 솟아났다.

"이봐라, 춘향아. 이리 와 업히거라."

춘향이 부끄러워하니,

"부끄럽기는 무엇이 부끄러워. 이왕에 서로 다 아는 바이니 어

서 와 업히거라.”

춘향을 업고 추켜올린다.

“어따, 그 계집아이 똥집 꽤나 무겁다. 내 등에 업히니 마음이 어떠하냐?”

“한끝나게 좋사이다.”

“좋냐?”

“좋아요.”

“나도 좋다. 내가 좋은 말을 할 것이니
너는 대답을 하여라. 네가 금이지?”

“금이라니 당치 않소.
초나라 한나라 싸울 때 계략 냈던 진평이
황금 사만 냥을 다 썼는데 금이 남았겠소?”

“그러면 진옥이냐?”

“옥이라니 당치 않소.
만고영웅 진시황이 형산의 옥을 얻어
옥새를 만들었으니 어찌 옥이 되오리까.”

“그러면 네가 무엇이냐. 해당화냐?”

“해당화라니 당치 않소.
명사십리가 아닌데 해당화가 되오리까?”

“그러면 네가 무엇이냐?
밀화, 금패, 호박, 진주냐?”

"아니, 그것도 당치 않소.
삼정승 육판서, 대신 재상,
팔도의 수령님들 갓끈 장식 다 하고,
남은 것은 온 나라 일등 명기들의 가락지
허다히 다 만드니 호박, 진주가 부당하오."
"네가 그러면 대모, 산호냐?"
"아니, 그것도 내 아니오.
대모로 큰 병풍 만들고 산호로 난간 만들어
남해 용왕의 수궁 보물 되었으니 대모, 산호 부당하오."
"네가 그러면 반달이냐?"
"반달이라니 당치 않소.
오늘 밤 초승달도 아닌데 내가 어찌 하늘에 돋은 달이겠소?"
"네가 그러면 무엇이냐? 날 홀려 먹는 불여우냐?
네 어머니 너를 낳아 곱게 곱게 길러 내어
나를 홀려 먹게 시키더냐?
사랑 사랑 사랑이야, 내 간간 내 사랑이야.
네가 무엇을 먹으려느냐?
생밤, 찐 밤을 먹으려느냐.
둥글둥글 수박 웃꼭지 뚝 떼 버리고
강릉 흰 꿀을 부어
은수저로 한 점 떠서 먹으려느냐?"

"아니, 그것도 내사 싫소."

"그러면 무엇을 먹으려느냐?
시금털털 개살구를 먹으려느냐?"

"아니, 그것도 내사 싫소."

"그러면 무엇을 먹으려느냐?
돼지 잡아 주랴, 개 잡아 주랴,
내 몸을 통째 먹으려느냐?"

"여보, 도련님. 내가 사람 잡아먹는 것 보았소?"

"에라, 요것 안 될 말이로다.
어화둥둥, 내 사랑이지.
얘야, 그만 내리려무나.
세상일은 뭐든지 서로 주고받는 품앗이다.
내가 너를 업었으니 너도 나를 업어 보아라."

"애고, 도련님은 기운이 세어서 나를 업었지만
나는 기운이 없어 못 업어요."

"업는 수가 있느니라.
나를 높게 업으려 하지 말고
발이 땅에 닿을락 말락 뒤로 젖힌 듯 업어 다오."

춘향이 도련님을 업고 툭 추켜올리는데 어림을 잘못했구나.

"애고, 잡상스러워라."

이 도령이 춘향의 등에 매달려 이리 흔들, 저리 흔들 한다.

"내가 네 등에 업히니 마음이 어떠하냐?

나도 너를 업고 좋은 말을 하였으니

너도 나를 업고 좋은 말을 해야 하지 않겠느냐."

"좋은 말을 하오리다. 들으시오.

은나라의 어진 재상 부열이를 업은 듯,

주나라의 어진 스승 강태공을 업은 듯,

가슴속에 큰 뜻 품어 명성이 자자한 대신,

주석지신, 보국충신을 업은 듯,

사육신과 생육신을 업은 듯,

해 일日 선생, 달 월月 선생, 고운 최치원 선생 업은 듯,

송강 정철, 충무공 이순신을 업은 듯,

우암 송시열, 퇴계 이황을 업은 듯,

내 서방이지 내 서방, 알뜰 간간 내 서방.

진사 급제하고 한림학사 한 연후에

부승지, 좌승지, 도승지로 올라가

팔도 수령 지낸 후에 대제학, 대사성, 육판서 하고,

좌상, 우상, 영상 하신 후에

나라의 기둥 되는 신하시니,

내 서방, 내 사랑, 알뜰 간간 내 서방이지."

이렇게 손수 진물이 나오게 문질렀구나.

"춘향아, 우리 말놀음이나 좀 하여 보자."

"애고, 참 우스워라. 말놀음이 무엇이오?"

말놀음 많이 해 본 것처럼 말하는 것이었다.

"말놀음 천하 쉽다.

너와 나와 벗은 김에 너는 온 방바닥을 기어 다녀라.

나는 네 궁둥이에 딱 붙어서 네 허리를 잔뜩 끼고

볼기짝을 탁 치면서 이리 하거든 호홍거리며 물러서며 뛰어라.

알심 있게 야무지게 뛰려면

탈 승乘 자 노래가 있어야 하느니라.

타고 놀자, 타고 놀자.

황제 헌원씨와 치우가 탁녹야에서 싸울 때

큰 안개 일으킨 치우가 승전고를 울리며 지남거 높이 타고,

하우씨가 구 년간 홍수를 다스릴 때

육지에 다니는 수레 높이 타고,

신선 적송자는 구름 타고,

당나라 여동빈은 백로 타고,

시인 이백은 고래 타고,

시인 맹호연은 나귀 타고,

태을선인은 학을 타고,

중국 천자는 코끼리 타고,

우리 전하는 가마 타고,

삼정승은 평교자 타고,

육판서는 초헌 타고,

훈련대장은 수레 타고,

각 읍 수령은 독교 타고,

남원 부사는 별연 타고,

해 지는 강에서 낚시하던 이들은 일엽편주一葉片舟* 타고,

나는 탈 것 없으니

오늘 밤 야삼경에 춘향 배를 넌짓 타고

홑이불로 돛을 달아 내 기계로 노를 저어

오목섬에 들어가되

순풍에 음양수를 시름 없이 건너간다.

말을 삼아 타듯이 마부는 내가 되어

네 고삐를 넌지시 잡아

부산하게 성큼성큼 걷듯이,

명마가 뛰듯이 뛰어라."

온갖 장난을 다 하고 보니 이런 장관이 또 있으랴. 이팔청춘 둘이 만나 미친 마음 세월 가는 줄 모르는가 보더라.

* 일엽편주 조그마한 배 한 척

뜻밖의 이별

이때 뜻밖에 방자가 나와,

"도련님, 사또께옵서 부르시오."

도련님 들어가니 사또 말씀하신다.

"서울에서 동부승지로 임명한다는 교지가 내려왔다. 나는 문서와 장부를 정리하고 갈 것이니 너는 어머니를 모시고 내일 떠나거라."

아버지 말씀 듣고 도련님 한편으로는 반가우나 한편으로는 춘향 생각에 가슴이 답답하고 사지에 맥이 풀리며 간장이 녹는 듯해 두 눈에서 뜨거운 눈물이 줄줄 솟아 얼굴을 적신다. 사또께서 보시고,

"왜 우느냐? 내가 일생 남원에서 살 줄 알았더냐? 내직으로 승진한 것이니 섭섭하게 생각 말고 오늘부터 행장을 준비하여 내일 오전에 떠나거라."

도련님 겨우 대답하고 물러 나와 안채에 들어가 모친께 할 수 없이 춘향의 말을 울며 말씀드렸으나 꾸중만 실컷 들었구나.

춘향의 집으로 가며 서러운 마음에 기가 막히는데 길바닥에서 울 수는 없고 두부장이 끓듯 속을 끓이며 겨우 춘향 집 문 앞에 당도하니, 통째로, 건더기째로, 보자기째로 울음이 왈칵 쏟아진다.

"어푸어푸, 어허."

춘향이 깜짝 놀라 왈칵 뛰어 내달아 나온다.

"애고, 이게 웬일이오. 안으로 들어가시더니 무슨 꾸중 들으셨소? 오시는 길에 무슨 분한 일 당하셨소? 서울에서 무슨 기별 있다더니 누가 돌아가셨소? 점잖으신 도련님이 이게 웬일이오?"

춘향이 도련님 목을 담쑥 안고 치맛자락을 걷어잡고 얼굴에 흐르는 눈물을 닦아 주며,

"울지 마오, 울지 마오."

울음이라는 것이 말리는 사람이 있으면 더 울고 싶어지는 거라 더 울었더니, 춘향이 화를 낸다.

"여보, 도련님. 우는 꼴 보기 싫소. 그만 울고 이유를 말하시오."

"사또께서 동부승지 임명받으셨단다."

춘향이 좋아하며,

"댁에 경사가 났소. 그런데 왜 운단 말이오?"

"너를 버리고 갈 터이니 내 아니 답답하냐."

"언제는 남원 땅에서 평생 사실 줄 아셨소? 어찌 내가 함께 가

기를 바라겠소. 나는 도련님 먼저 가신 다음에 팔 것 팔고 추후에 올라갈 테니 걱정 마시오.

내 말대로 하면 궁색하지 않고 좋을 것이오. 내가 올라가도 도련님 댁에서는 살 수 없을 것이니 가까운 곳에 조그마한 집 방 두 개만 되면 족하니 살펴보고 사 두시오. 우리 식구들 가더라도 공짜 밥 얻어먹지 않을 테니 그럭저럭 지내다가 도련님 나만 믿고 장가 아니 갈 수 있소? 부귀한 재상가 요조숙녀 가려서 부모님 모시고 살더라도 아주 잊지는 마시옵소서. 도련님 과거 급제하여 벼슬 높아 외직 나갈 때 첩으로 데려가면 무슨 말이 나겠소? 그렇게 조치해 주시오."

"그게 될 말이냐. 네 말을 사또께는 꺼내지도 못하고 어머니께 말씀드렸는데 꾸중이 대단하시다. 양반의 자식이 부친 따라 내려왔다가 첩을 만들어 데려간다면 내 앞날이 막히고 조정에서 벼슬도 못한다더구나. 할 수 없이 이별이 될 수밖에 없다."

춘향이 이 말을 듣더니 갑자기 안색이 변하며 머리를 흔들고 얼굴이 붉으락푸르락 눈을 가늘게 치켜뜨며 눈썹이 꼿꼿해지고 코가 발심발심, 이는 뽀도독뽀도독, 온몸을 수숫잎 떨듯, 매가 꿩을 궤찬 듯 주저앉는다.

"허허, 이게 웬 말이오?"

왈칵 뛰어 달려들어 치맛자락을 좌르륵 찢어버리며 머리도 와드득 쥐어뜯어 싹싹 비벼 도련님 앞에다 던지면서,

"무엇이 어쩌고 어째요? 이것들도 다 쓸데없다."

작은 거울, 큰 거울, 산호 비녀 다 두루 방문 밖에 탕탕 내던져 문밖에 부딪치며 땅을 치고 발을 구르더니 주저앉아 탄식하며 우는구나.

"서방 없는 춘향이가 세간살이 무엇하며, 단장하여 뉘 눈에 들까? 몹쓸 년의 팔자로다. 이팔청춘 젊은 것이 이별 될 줄 어찌 알았으리. 부질없는 이내 몸, 허망하신 말씀에 앞날 신세 버렸구나. 애고애고, 내 신세야."

하고는 갑자기 돌아앉아 묻는다.

"여보시오, 도련님. 지금 막 하신 말씀 참말이요, 농담이오? 우리 둘이 처음 만나 백년언약 맺은 것이 사또와 대부인이 시키신 일이었소? 핑계가 웬 말이오.

광한루에서 잠깐 보고 내 집으로 찾아오셔서 인적 없는 한밤중에 도련님 저기 앉고, 춘향 나는 여기 앉았을 때 나더러 '옛 맹세도 새 맹세도 하늘에 한 맹세만 못하다' 하시지 않았소? 또 오월 단옷날 밤 내 손길 부여잡고 마당에 우뚝 서서, 맑디맑은 밤하늘 천 번 만 번 가리키며 함께하자 맹세하지 않았소? 내 정녕 믿었건만 가실 때는 톡 떼 버리시니 이팔청춘 젊은 것이 낭군 없이 어찌 살라 하오?

어둡고 빈 방 가을밤 깊어 갈 때 시름 걱정 어이할꼬. 애고애고, 내 신세야. 모질도다, 모질도다, 도련님이 모질도다. 독하도다, 독하도다, 서울 양반 독하도다. 원수로다, 원수로다, 존비귀천 원수로다. 천하에 다정한 게 부부의 정이건만 이렇듯 독한 양반 이 세상에 또 있을까. 애고애고, 내 일이야.

여보시오, 도련님. 춘향 몸 천하다고 함부로 버리면 아니 되오. 박명한 내 신세 못 먹고 못 자고 며칠이나 살 것 같소? 상사병으로 죽은 혼령 원귀가 되거드면 귀한 도련님에게도 그 아니 재앙이오? 사람 대접을 그렇게 하지 마오. 죽고지고, 죽고지고. 애고애고, 설운지고."

한참 이리 진 빠지도록 서럽게 우는데 춘향 모는 사정도 모르고,

"애고, 저것들 또 사랑싸움 났구나. 그것 참 아니꼽다. 눈구석에 쌍가래톳 설 일 많이 보겠네."

하였는데 아무리 들어도 울음이 길구나. 하던 일을 밀쳐놓고 춘향 방 창문 밖에서 가만히 들어 보니 이별인 것이었다.

"허허, 이것 별일 났다."

춘향 모가 두 손뼉 땅땅 마주치며 들어온다.

"허, 동네 사람들 다 들어 보시오. 오늘로 우리 집에 사람 두 명 죽어 나가네."

마루 위로 성큼 올라 춘향에게 우루룩 달려들어 주먹으로 겨누면서,

"이년, 이년, 썩 죽어라. 살아서 쓸데없다. 너 죽은 몸이라도 저 양반이 지고 가게. 저 양반 올라가면 누구 간장을 녹이려느냐? 이

년, 이년, 말 듣거라. 내 평소에 이르기를, 후회되기 쉽다 안하더냐. 도도한 마음 먹지 말고 형세와 지체 너와 같고, 재주나 인물 너와 비슷한 평범한 짝 얻었으면 너도 좋고 나도 좋지. 마음이 고고하여 남들과는 다르더니 잘 되고 잘 되었다."

두 손뼉 꽝꽝 마주치면서 도련님 앞에 달려들어,

"나와 말 좀 하여 봅시다. 내 딸 춘향을 버리고 간다니 무슨 죄로 그러시오? 춘향이 도련님 모신 지 일 년이 되었는데 행실이 그르던가, 예절이 그르던가. 바느질이 서툴던가, 언어가 불순하던가. 잡스러운 행실 가져 기생처럼 음란하던가. 무엇을 잘못했소? 이 봉변이 웬일이오? 칠거지악七去之惡* 아니면 군자가 숙녀를 못 버리는 법 모르시오?

내 딸 춘향 어린것을 밤낮으로 안고 사랑할 때 안고 서고 눕고 지며 백 년이 가도 헤어지지 말자고 밤낮으로 어르더니, 마지막에 가실 때는 뚝 떼어 버리시네. 버들가지 천만 줄기라도 가는 춘풍 어이하며 낙화 낙엽 되었을 땐 어느 나비가 다시 오겠소. 백옥 같은 내 딸 춘향 꽃같이 예쁜 몸도 세월 가면 늙어져 다시 젊지 못할 테니 무슨 죄가 깊어서 허송세월 하오리까?

도련님 가신 후에 내 딸 춘향 어찌겠소. 달 밝은 야삼경에 첩첩

* 칠거지악 아내를 내쫓을 수 있는 이유가 되었던 일곱 가지 허물. 시부모에게 불손한 것, 자식이 없는 것, 행실이 음탕하거나 투기하는 것, 몹쓸 병이 있거나 말이 지나치게 많거나 도둑질을 하는 것이다.

수심 어린것이 낭군 생각 절로 나서 초당 앞 꽃 계단에 담배 피워 입에 물고 이리저리 다니다가 손 들어 눈물 씻고 후유 한숨 길게 쉬고 북쪽 가리키며 한양 계신 도련님도 나와 같이 그러하신지, 무정하게 아주 잊고 편지 한 장 안 하시는지? 긴 한숨에 눈물로 얼굴 치마 다 적시고 제 방으로 들어가 옷도 아니 벗고 벽만 보고 돌아누워 주야로 우는 것은 병 아니고 무엇이오?

시름 상사 깊이 든 병 원통하게 죽으면 칠십 나이 늙은 것이 딸 잃고 사위 잃고 태백산 갈가마귀가 물어 던져 간 곳 모르는 게 발 같으니, 혈혈단신 이내 몸이 뉘를 믿고 살잔 말이오? 남에게 못 할 일 그렇게 하지 마오. 애고애고, 설운지고. 못하지요. 몇 사람 신세 망치려고 안 데려간단 말이오. 도련님 대가리가 두 개 돋았소? 애고, 무서워라. 이 무정한 쇳덩이 같은 사람아!"

왈칵 뛰어 달려드니, 이 말 만일 사또께 들어가면 큰 야단이 나겠다 싶구나.

"여보소 장모. 춘향이를 데려갈 테니 그만하오."

"그래, 안 데려가고 견디겠소?"

"너무 몰아세우지 말고 여기 앉아 말 좀 듣소. 춘향을 데려간대도 가마나 쌍교나 말을 태워 가면 반드시 소문이 날 것이니, 내가 이 기가 막히는 중에도 꾀 하나를 생각하고 있었소. 허나 이 말이 양반 망신일 뿐 아니라 우리 선조 양반이 다 망신을 할 말이니 잘 들으시오."

"무슨 그리 좋은 수가 있다는 것이오?"

"내일 어머니 행차가 나오실 때 그 뒤에 사당이 따를 텐데 내가 사당을 모시겠네."

"그래서요?"

"그만하면 무슨 말인지 알지."

"나는 그 말 모르겠소."

"신주는 모셔 내어 내 옷소매에 모시고 춘향은 그 가마에 태워 가겠네. 걱정 말고 염려 말게."

춘향이 그 말 듣고 도련님을 물끄러미 바라보더니,

"어머니, 그러지 마오. 도련님 너무 조르지 마시오. 우리 모녀 평생 신세 도련님 손에 달렸으니 알아서 하라고 당부나 하오. 이번은 아마도 이별할 수밖에 없나 보오. 어차피 이별이라면 가시는 도련님을 왜 조르겠냐만은 갑갑하여 그러지. 내 팔자야. 어머니, 건넌방으로 가시옵소서. 내일은 이별이 될 건가 보오. 애고애고, 내 신세야. 이별을 어찌할꼬. 이보시오, 도련님."

"왜 그러냐."

"참으로 이별이오?"

촛불을 켜 놓고 둘이 서로 마주 앉아 갈 일을 생각하고 보낼 일을 생각하니 정신이 아득하고 한숨이 난다. 흐느껴 울며 서로 얼굴도 대어 보고 손발도 만져 보며,

"나를 볼 날이 몇 밤이오. 애달프게 주고받는 말도 오늘 밤이 마

지막이니 내 서러운 마음 하소연 좀 들어 보오.

나이 육십 나의 모친 일가친척 없고 다만 외동딸 나 하나라. 도련님께 의지하여 편히 살까 하였더니 조물주가 시기하여 이 지경이 되었구나. 애고애고, 내 일이야.

도련님 올라가면 나는 뉘를 믿고 살겠소? 천만 가지 한과 근심, 밤낮 생각한들 어찌하리. 복숭아꽃, 배꽃 만발하는 봄은 어찌하며 노란 국화에 단풍 물드는 가을은 또 어찌하리. 독수공방 긴긴밤에 잠 못 이루고 쉬느니 한숨이요, 뿌리나니 눈물이라. 적막강산 달 밝은 밤 두견새 울음소리, 서리 내린 가을바람에 기러기 울음소리, 춘하추동 사시절에 첩첩이 쌓인 시름, 보는 것도 수심이요, 듣는 것도 수심이라. 애고애고."

춘향이 서럽게 우니 이 도령 하는 말이,

"춘향아, 울지 마라. 예부터 국경 지키러 간 남편 기다리며 아내가 안방 깊은 곳에서 늙어 간 일 많았고, 전쟁터에 출정한 군사들과 연꽃 캐는 여인들도 부부 사이 이별하고 그리워했단다.

너도 나 올라간 뒤 달 밝은 밤 천 리 길 떨어진 내 생각 너무 많이 하지 마라. 너를 두고 가는 내가 하루 한시인들 무심하게 지내겠느냐. 울지 마라, 울지 마라."

춘향이 또 울면서 말한다.

"도련님 올라가면 살구꽃 피는 봄날 거리마다 권주가요, 청루마다 미색이요, 곳곳에 풍악 소리 넘칠 텐데, 놀기 좋아하는 도련님이 나 같은 시골 천첩을 손톱만큼이나 생각하시겠소? 애고애고, 내 일이야."

"춘향아, 울지 마라. 한양성 남북촌에 미인들이 많아도 깊은 안방에서 맺은 정은 너밖에 없으니, 내가 너를 잠시라도 잊겠느냐."

서로가 기가 막혀 아쉽고 아쉬워 이별을 못하는구나. 이때 도련님 모시고 나갈 하인이 헐레벌떡 들어오며,

"도련님, 어서 행차하옵소서. 안에서 야단났습니다. 사또께서 도련님 어디 가셨느냐 하시기에 소인이 친구와 작별하러 잠깐 나가셨노라 하였사오니 어서 행차하옵소서."

"말 대령하였느냐?"

"마침 말 대령하였소."

백마는 가자고 길게 울며 마구 발굽을 치는데 이별하는 여인은 슬퍼 옷깃을 잡는구나. 춘향이 마루 아래 툭 떨어져서는 도련님 다리를 부여잡고,

"날 죽이고 가면 가지, 살리고는 못 가오. 못 가느니."

말 못하고 기절하는구나.

춘향 모가 달려들어,

"향단아, 어서 찬물 떠 오너라. 차를 달여 약 갈아라. 이 몹쓸 년아. 늙은 어미는 어쩌라고 몸을 이리 상하느냐."

춘향이 정신 차리고는,

"애고, 갑갑하여라."

춘향 모 기가 막혀,

"여보시오, 도련님. 남의 생때같은 자식을 이 지경으로 만들다니 이게 무슨 일이오. 슬피 우는 우리 춘향 애통하여 죽게 되면 혈혈단신 이내 신세 누굴 믿고 산단 말이오."

도련님도 어쩔 줄 모르며 말한다.

"이봐라, 춘향아. 네가 이게 웬일이냐. 나를 영영 안 보려느냐. 예부터 모자간, 부부간, 형제간, 친구 간에 수없이 이별할 일 많았어도 언젠가는 소식 들을 때가 있고, 살아서 반갑게 만날 날도 있느니라.

내가 이제 올라가서 장원 급제하여 너를 데려갈 테니 울지 말고 잘 있어라. 너무 울면 눈도 붓고 목도 쉬고 골머리도 아프니라. 돌이라도 망부석은 천만년 지나가도 광석 될 줄 모르고, 나무라도 상사목은 창밖에 우뚝 서서 일 년 봄이 다 가도록 잎도 날 줄 모르고, 병이라도 마음 슬퍼 생긴 병은 오매불망하다 죽느니라. 네가 나를 보려거든 서러워 말고 잘 있거라."

춘향이 할 수 없이 대답하는구나.

"여보시오, 도련님. 내가 주는 술이나 마지막으로 잡수시오. 나의 찬합 가져가서 가시는 길 숙소에서 날 본 듯 잡수시오. 향단아, 찬합, 술병 내오너라."

춘향이 한 잔 가득 술 부어 눈물 섞어 드리면서 하는 말이,

"한양성 가시는 길에 나무가 푸르거든 멀리서 정을 품은 나를

생각하오.

좋은 계절 이슬비 흩날리거든 병날까 염려되오니 일찍 들어가 주무시오. 아침에 비바람 치거든 늦게 떠나시고, 하인도 없이 가시는 천 리 길 천금귀체 보중하옵소서. 녹음 우거진 서울 길에 평안히 행차하시면 소식이나 한 자 보내 주시오."

도련님 하는 말이,

"소식 듣기 걱정 마라. 예로부터 청조와 기러기에 발을 묶어 수천 리 먼 길에도 편지를 보냈으니 기러기와 청조는 없을망정 남원 가는 인편이 없겠느냐. 슬퍼 말고 잘 있거라."

말을 타고 하직하니 춘향이 기가 막혀 하는 말이,

"우리 도련님이 '가네, 가네' 하여도 거짓말로 알았더니 말 타고 돌아서서 참말로 가는구나."

춘향이 마부를 불러 말한다.

"마부야, 내가 문밖에 나설 수가 없으니 잠깐만 말을 붙들고 기다려라. 도련님께 한 말씀만 하고 싶다.

여보시오, 도련님. 이제 가면 언제 오시오?

사계절 소식 끊어질 절絶, 보내나니 아주 영절永絶, 백이숙제의 만고충절萬古忠節, 천 개의 산에 날아가는 새도 끊어질 절絶, 병들어 누우니 사람 발길 끊어질 절絶, 대나무 절節, 소나무 절節, 춘하추동 사시절, 툭 끊어지니 단절, 분절, 훼절, 도련님 날 버리고 박절하게 가시니 속절없는 나의 정절, 독수공방 수절할 때 언제 절개 파절할까. 밤낮으로 생각 단절 못하니 부디 소식이나 돈절하지 마오."

대문 밖에 거꾸러져 섬섬옥수 두 손길로 땅을 꽝꽝 치며,

"애고애고, 내 신세야."

울며 슬퍼하는 소리, 누런 먼지 흩어지는데 바람 소리 쓸쓸할 뿐, 깃발도 빛을 잃고 햇빛조차 희미해지는지라. 엎어질 듯 자빠질 듯 서운치 않게 가려면 몇 날 며칠도 부족했으리라.

그러나 도련님 타신 말은 빠른 말에 좋은 채찍 아니더냐. 도련님 눈물 흘리며 나중을 기약하고 말을 재촉해 가는 모습, 광풍에 한 조각 구름 같더라.

임의 얼굴 보고지고

이때 춘향은 할 수 없이 자던 침방으로 들어가서,

"향단아, 자리에 베개 놓고 문 닫아라. 도련님 살아서 만나 보기 막막하니 잠이나 들면 꿈에서 만나 보자. 예로부터 이르기를, '꿈에 와 보이는 임은 신의가 없다'고 했으나 답답하게 그리워할 수밖에 없으니 꿈 아니면 어찌 만나 보겠는가."

꿈아 꿈아, 네 오너라
수심 첩첩 한이 되어
꿈조차 못 꾸니 어이하리
애고애고, 내 일이야
인간 이별 만사 중에
독수공방 어이하리
그리운데 못 만나는 심정

뉘라서 알아주리

미친 마음 이렁저렁

흐트러진 근심 다 버리고

자나 누우나 먹으나 깨나

임 못 보아 가슴 답답

잘생긴 얼굴 고운 소리 귀에 쟁쟁

보고지고 보고지고 임의 얼굴 보고지고

듣고지고 듣고지고 임의 소리 듣고지고

전생에 무슨 원수로

우리 둘이 생겨나서

그리운 마음 한데 만나

잊지 말자 처음 맹세

죽지 말고 한데 있어

백년 기약 맺은 맹세

천금 보물 소용없고

세상사가 다 상관없다

근원 흘러 물이 되고

깊고 깊고 다시 깊고

사랑 모여 산이 되어

높고 높고 다시 높아

끊어질 줄 모르거든

무너질 줄 어이 알리

귀신이 괴롭히고 조물이 시기한다

하루아침에 낭군을 이별하니

어느 날에 만나 보리

천 개 만 개 근심 수심 가득하니

끝끝내 서러워라

예쁜 얼굴 어여쁜 머리도

헛되이 늙어 가니 세월이 무정하다

오동추야 달 밝은 밤은

어이 그리 더디 새며

녹음방초 비낀 곳에

해는 어이 더디 가는고

이 사랑 아신다면 임도 나를 그리련만

독수공방 홀로 누워

다만 한숨 벗이 되고

구곡간장九曲肝腸* 굽이 썩어

솟아나니 눈물이라

눈물 모여 바다 되고

한숨 지어 청풍 되면

* 구곡간장 굽이굽이 서린 창자. 시름이 쌓인 마음속을 비유하는 말이다.

일엽주 만들어 타고

한양 낭군 찾으련만

어이 그리 못 보는고

근심 어린 달 밝을 때

간절히 바라건만 분명한 꿈이로다

깊은 밤 북두칠성과 견우성은

임 계신 곳 비추련만

깊은 규방 앉아 수심 잠긴 사람은

나 혼자뿐이로다

어둠은 깊고 깊은데

외로이 비치는 건

반딧불뿐이로다

밤은 깊어 삼경인데

앉은들 임이 올까

누은들 잠이 올까

임도 잠도 아니 온다

이 일을 어이하리

아마도 원수로다

기쁨이 다하면 슬픔 오고

괴로움 다하면 즐거움이 온다고 예부터 일렀건만

기다림도 적지 않고 그리움도 오래로다

일촌간장一寸肝腸* 굽이굽이 맺힌 한을

임 아니면 누가 풀까

밝은 하늘이 살피시어

쉬이 보게 하옵소서

못다 한 사랑 다시 만나

백발이 다 되도록 이별 없이 살고지고

묻노라 녹수청산아

우리 임의 초췌한 행색

슬프게 이별한 후 소식조차 끊어졌다

사람이 목석이 아닐진대

임도 응당 느끼리라

애고애고, 내 신세야

하늘을 우러러 한탄하며 세월을 보낸다. 이때 도련님은 올라가는 길에 숙소마다 잠 못 이루며 '보고지고, 나의 사랑 보고지고, 밤낮으로 잊지 못할 우리 사랑, 날 보내고 그리는 마음 속히 만나 풀리라' 하며, 날이 갈수록 마음 굳게 먹고 과거 급제해 외직으로 나갈 것을 바라더라.

* 일촌간장 한 토막의 간과 창자. 애달프거나 애타는 마음을 뜻한다.

고집불통 변학도

이때 수개월 만에 신관 사또가 부임하니 자하골에서 온 변학도라 하는 양반이라. 문필도 볼 만하고 인물 풍채 활달하며 기생들과 풍류로 놀기에 통달했다. 다만 한 가지 흠이 성격이 괴팍해서 가끔 미친 듯 날뛰며 덕을 잃고 잘못된 처분을 하곤 했으니, 세상에 아는 사람은 다 고집불통이라 하더라.

사또 모시러 맞이하는 관리들이 가서는,

"저희들 대령이오" 하니,

"이방 부르라."

"이방이오."

"그새 너희 골에 별일이 없느냐?"

"예, 아직 별 탈 없습니다."

"너희 고을 관청 노비들이 삼남에서 제일이라지?"

"예, 부릴 만합니다."

"또 너희 고을에 춘향이란 계집이 매우 예쁘다지?"

"예."

"잘 있냐?"

"잘 있습니다."

"남원이 여기서 몇 리인고?"

"육백삼십 리로소이다."

"바삐 가자!"

하니, 이방 이하 관리들이 물러 나와 말하는구나.

"우리 고을에 일이 났다."

이때 신관 사또 부임하는 날을 급히 받아 내려오니 그 위엄이 대단하구나. 구름 같은 수레와 가마 좌우에 푸른 깃발 딱 세우고, 양편에 부축하는 하인들은 진한 모시 관복에 흰 허리띠 눌러 매고 통영갓 이마 눌러 숙여 쓰고 푸른 줄 휘감아 잡고는,

"에라, 물렀거라. 나가 있거라."

행차길에 사람들 금하는 소리가 지엄하고, 좌우에 하인들은 긴 말고삐 잘 잡으라 외친다. 군졸 한 쌍은 모자 쓰고 행차의 뒤를 따르고 공방과 이방은 의젓하구나. 하인 한 쌍, 사령 한 쌍은 큰 양산을 앞에서 받쳐 들고 대로변에 갈라서고, 흰 양산은 가운데에 남색 비단 띠를 둘러 장식하고 주석으로 고리 장식까지 어른어른, 호기 있게 내려온다. 앞뒤에서 '물렀거라' 우렁찬 소리 푸른 산을 울리고 말 재촉하는 소리에 흰 구름이 흩어진다.

전주에 도착해 왕명을 받들어 읽고는, 임실 지나 오수에서 점심 먹고 곧장 임지로 들어가는구나. 오리정으로 들어갈 때 장수들이 호위하고 육방六房 하인들이 들어오는데 깃발들은 청도기, 홍문기 한 쌍씩 서 있고, 주작기, 청룡기, 현무기가 나란히 줄 섰으며, 그 아래로 집사 한 쌍, 무관 한 쌍, 군노 열두 쌍이 줄을 맞추어 서 있으니 좌우가 요란하다. 행군하는 풍악 소리 사방에 진동하고 삼현육각* 소리가 원근에 울려 퍼진다.

광한루에 멈추어서 옷을 갈아입고는 가마 타고 객사로 들어가는데 백성들에게 엄숙하게 보이려고 눈을 별나게 궁글궁글, 동헌에 앉아 부임 맞이하는 잔칫상을 받아 드시고는,

"아전 우두머리인 행수 문안드리오."

하니, 행수, 군관, 육방의 관리들 인사 받고 사또가 분부한다.

"기생 점고*하라."

호장이 분부 듣고 기생 명부 들고는 차례로 호명하는데, 하나하나 글귀를 붙여 부르는 것이었다.

"비 온 뒤 동산에 명월이."

명월이가 들어오는데 치맛자락을 거듬거듬 걷어, 가는 허리와 가슴 사이에 딱 붙이고 아장아장 들어온다.

* 삼현육각 삼현은 거문고·가야금·향비파, 육각은 북·장구·해금·피리·태평소 둘로 이루어진 악기 편성이다.

* 점고 명부에 일일이 점을 찍어 가며 사람의 수를 조사하는 일

"점고 맞고 나가오."

"고깃배는 물을 따라 봄 산을 사랑하니 양편에 활짝 핀 봄빛이 아니냐. 도홍이."

도홍이가 들어오는데 붉은 치마 걷어 안고 아장아장 조촘 걸어 들어오더니,

"점고 맞고 나가오."

"단산의 봉황이 짝을 잃고 벽오동에 깃들이니 산수의 정령이라. 굶주려도 먹지 않는 굳은 절개. 만수문 앞 채봉이."

채봉이가 들어오는데 치마 두른 허리 맵시 있게 걷어 안고 연꽃 같은 발걸음 옮기며 아장아장 걸어 들어오더니,

"점고 맞고 나와서 물러가오."

"청정한 연꽃의 굳은 절개에 묻노라. 어여쁘고 고운 태도는 꽃 중에 군자로다. 연심이."

연심이가 들어오는데 치마를 걷어 안고 비단 버선에 꽃신 끌면서 아장 걸어 가만가만 들어오더니,

"사또 안전에 나가오."

"밝은 달이 푸른 바다에 들었으니 형산에 유명한 백옥 구슬 같은 명옥이."

명옥이가 들어오는데 노을빛 비단 치마에 고운 태도가 진중하여 아장 걸어 가만가만 들어오더니,

"점고 맞고 나와서 물러가오."

"구름 엷고 바람 가벼운 대낮에 버들가지 사이 금빛 새가 나는구나. 앵앵이."

앵앵이가 들어오는데 붉은 치마 에후리쳐 가는 허리 가슴 사이 딱 붙이고 아장 걸어 가만가만 들어오더니,

"점고 맞고 나와 물러가오."

사또 분부하기를,

"빨리 부르라."

"예."

호장이 분부 듣고 네 마디씩 맞추어 부르는구나.

"광한전 높은 집에 복숭아 바치던 고운 선녀. 계향이."

"예, 등대하였소."

"소나무 아래 저 동자야. 묻노라 선생 소식. 첩첩 청산에 운심이."

"예, 등대하였소."

"월궁에 높이 올라 계수나무 꺾어 애절이."

"예, 등대하였소."

"묻노라 술집이 어디인가. 목동은 저기 먼 곳을 가리키네. 행화."

"예, 등대하였소."

"아미산 반달이 높이 걸렸고 그림자는 평강에 비치네. 강선이."

"예, 등대하였소."

"오동 복판 거문고 타고 나니 탄금이."

"예, 등대하였소."

"팔월에 핀 연꽃 자태, 연못에 가을 물 가득하네. 홍련이."

"예, 등대하였소."

"주홍 비단실 갖은 매듭 차고 나니 금낭이."

"예, 등대하였소."

사또 분부하되,

"한숨에 열두 서넛씩 부르라."

호장이 분부 듣고 더 빨리 부른다.

"양대선, 월중선, 화중선이."

"예, 등대하였소."

"금선이, 금옥이, 금련이."

"예, 등대하였소."

"농옥이, 난옥이, 홍옥이."

"예, 등대하였소."

"바람맞은 낙춘이."

"예, 등대… 들어를 가오."

낙춘이가 들어를 오는데, 무척 맵시 있는 체하면서 들어온다. 얼굴에 잔털 뽑는 말은 어디서 들었는지 이마빡에서 시작해 귀 뒤까지 파 젖히고, 분 화장 말은 어디서 들었는지 개분 석 냥 일곱 돈어치를 무작정 사다가 담장에 회칠하듯 반죽해 온 얼굴에 떡칠하고 들어온다. 키는 동네 장승만 한 년이 치맛자락을 훨씬 추켜 턱 밑까지 딱 붙이고 물 고인 논에 고니 같은 걸음으로 낄룩 껑충 엉

금 섭적 들어오더니,

"점고 맞고 나가오."

예쁘고 고운 기생 많건마는 사또께옵서는 원래 춘향의 말을 높이 들었기에, 아무리 들어도 춘향 이름이 없자 관노 불러 물으신다.

"기생 점고 다 되어도 춘향은 안 부르니 어쩐 일이냐. 퇴기退妓* 냐?"

관노 여쭈되,

"춘향 모는 기생이되 춘향은 기생이 아닙니다."

사또께서 묻기를,

"춘향이 기생이 아니면 어찌 규중처녀 이름이 소문이 났느냐?"

관노 여쭈되,

"원래는 기생의 딸이지만 덕이 있고 미색이 뛰어나니 높은 가문 양반들과 일등재사 선비들과 내려오시는 관리마다 보고 싶다 하셔도 춘향 모녀가 허락하지 않습니다. 높고 낮은 양반을 막론하고 한집안 같은 소인들도 십 년에 한 번 대면하되 말을 주고받은 적은 없었지요. 그런데 하늘이 정한 연분인지 구관 사또 자제 이도련님과 백년가약 맺사옵고 도련님 떠나실 적에 장가든 후 데려가마 약속하셨으니 춘향이도 그리 알고 수절하고 있습니다."

* 퇴기 지금은 기생이 아니지만 전에 기생 노릇을 하던 여자

사또 화를 낸다.

"이놈, 무식한 상놈이라도 그렇지. 어떤 양반이, 엄하신 부형 밑에서 장가도 안 간 도련님이 시골에서 첩을 두어 살자고 했겠느냐? 이놈, 다시 그런 말을 입 밖에 내어서는 죄를 면치 못하리라. 이미 내가 저 하나를 보려 했던 것이니 그냥 말겠느냐? 잔말 말고 불러오라."

춘향을 부르란 명령이 나니 이방과 호장이 여쭈되,

"춘향이가 기생도 아닐뿐더러 구관 사또 자제 도련님과 약속이 중한데, 나이는 다르지만 같은 양반이라 춘향을 부르시면 사또 체면이 상하실까 걱정되옵니다."

사또 대노해서,

"만일 춘향을 늦게 데려오면 공방, 형방, 각 청 두목들 다 파면할 것이다. 빨리 데려오지 못할까?"

육방이 시끄러워지며 각 청 두목이 넋을 잃어,

"김 번수야, 이 번수야, 이런 별일이 또 있느냐. 불쌍하다, 춘향 정절 가련하게 되었구나. 사또 분부 지엄하니 어서 가자, 바삐 가자."

사령과 관노 뒤섞여서 춘향 집 문 앞에 당도하는구나.

수청을 들어라

이때 춘향이는 사령이 오는지 군노가 오는지 모르고 밤낮 도련님만 생각하며 울고 있구나. 생각도 못한 화를 당하려니 소리가 편안할 수 있겠는가. 남편 없이 혼자 사는 처지가 되니 목소리에 청승이 생겨 자연히 슬픈 목소리가 되었으니 보고 듣는 사람의 심장인들 아니 상하겠나. 임 그리워 서러운 마음, 먹어도 맛을 모르니 밥을 못 넘기고 누워도 편치 않으니 잠을 못 자고, 도련님 생각만 쌓여서 피골이 상접이라. 기운이 다 빠져서 진양조 느린 곡조로 울음 섞여 하는 말이,

"갈까 보다, 갈까 보다.
임을 따라 갈까 보다.
천 리라도 갈까 보다.
만 리라도 갈까 보다.

비바람도 쉬어 넘고,

날진 수진 해동청 보라매도 쉬어 넘는

높은 봉우리 정상 동설령 고개라도

임이 와 날 찾으면

나는 발 벗어 손에 들고

나는 아니 쉬어 가지.

한양 계신 우리 낭군

나와 같이 그리는가.

무정하여 아주 잊고

나의 사랑 옮겨다가

다른 임을 사랑하시는가."

한참 이리 서럽게 우는데 사령들이 춘향의 슬픈 노랫소리를 들었다. 나무나 돌이 아니라면 감동하지 않을 이가 있겠는가. 온몸이 얼음 녹듯 탁 풀려,

"대체 이 아니 불쌍하냐? 저런 여자를 돌아보지 않으면 사람이 아니로다."

이때 사령이 나와서,

"이리 오너라!"

외치는 소리에 춘향이 깜짝 놀라 문틈으로 내다보니 사령, 군노 나왔구나.

"아차차, 잊었네. 오늘이 점고하는 날이라더니 무슨 야단이 났나 보구나."

창문을 열어서는,

"허허, 번수님네. 이리 오소, 이리 오소. 뜻밖에 오시었소. 이번 신임 사또 맞이하는 길에 고생 안 하셨소? 사또는 어떠시며, 구관댁에는 가셨소? 도련님 편지 한 장도 아니하였소? 내가 전에는 양반을 모시다 보니 남의 이목이 신경 쓰이고 도련님도 유다른 분이니 모르는 체했지만 마음까지 없었겠소? 들어가세, 들어가세."

김 번수며 이 번수며 여러 번수 손을 잡고 제 방에 앉힌 후에 향단이를 불러,

"술과 안주 들여라."

취하도록 먹인 후에 궤문 열고 돈 다섯 냥을 내놓는다.

"여러 번수님네, 가시다가 술이나 잡숫고 뒷말 없게 하여 주소."

사령 등이 약주에 취해 하는 말이,

"돈이라니 당치 않다. 우리가 돈 바라고 너에게 왔겠냐? 들여놓아라."

"김 번수야, 네가 차라."

"그러면 안 되지만 돈은 사람마다 다 돌아가느냐?"

하더니 돈 받아 차고 흐늘흐늘 들어가는데 행수기생行首妓生*

* 행수기생 조선 시대 관아에 속한 기생의 우두머리

이 나온다. 행수기생이 두 손뼉 땅땅 마주치면서,

"여봐라, 춘향아. 말 듣거라. 너만 한 정절은 나도 있고 너만 한 수절은 나도 있다. 정절과 수절이 네게만 있겠느냐? 정절부인 수절부인 애기씨, 조그만 너 하나로 육방에 소동이 나고 각 청 두목이 다 죽어난다. 어서 바삐 가자."

춘향이 수절하던 그 태도로 대문 밖을 할 수 없이 나서며 말한다.

"형님, 형님, 행수 형님. 사람 괄시 그리 마오. 형님이라고 대대로 행수고, 나는 대대로 춘향이겠소. 사람이 한 번 죽지 두 번 죽겠소."

이리 비틀 저리 비틀 동헌으로 들어간다.

"춘향이 대령하였소."

사또 보시고 크게 기뻐하며,

"춘향이가 분명하다. 대청으로 오르거라."

춘향이 대청에 올라가 무릎을 모아 단정히 앉으니, 사또가 크게 기뻐하는구나.

"책방에 가서 회계 나리 오시게 하라."

회계 생원이 들어오니 사또 크게 웃으며 말한다.

"자네 보게. 저게 춘향일세."

"하, 그년 매우 예쁘고 잘생겼소. 사또께서 서울 계실 때부터 '춘향 춘향' 하시더니 한 번 구경할 만하오."

사또 웃으며,

"자네 중매를 서겠나?"

하니 가만히 있다가 대답한다.

"사또가 처음에 춘향을 직접 부르지 말고 매파*를 먼저 보내게 하는 것이 옳았을 듯하오. 일이 좀 경솔히 되었소만 이미 불렀으니 이제 혼례를 치를 수밖에 없지요."

사또가 크게 기뻐하며 춘향에게 분부하기를,

"오늘부터 몸단장 정결히 하고 수청을 들어라."

"사또 분부 황송하지만 일부종사一夫從事* 하기를 바라니, 분부를 시행하지 못하겠소."

사또 웃으며 말하기를,

"아름답도다. 네가 진정 열녀로구나. 네 정절 굳은 마음, 어찌 그리 어여쁘냐. 당연한 말이로다. 그러나 이 도령은 경성 사대부의 자제로서 명문 귀족 사위가 되었으니 일시의 사랑으로 잠깐 데리고 놀았던 너를 생각이나 하겠느냐? 너는 원래 절개가 있어 정절을 지킨다고 해도 어여쁜 얼굴이 변하고 흰머리 늘어 가면 지난 세월을 탄식해도 불쌍한 것은 너뿐이라. 누가 열녀 상이라도 주겠느냐? 또한 다 관두고라도 네가 너 사는 고을 관장의 말을 듣는 것이 맞느냐, 젊은 도령 놈의 말을 듣는 것이 맞느냐? 말을 해 보아라."

* 매파 혼인을 중매하는 할멈
* 일부종사 한 남편만을 섬긴다는 뜻

춘향이 여쭈되,

"저는 충신불사이군忠臣不事二君, 열녀불경이부烈女不更二夫*를 본받고자 하는데, 분부 계속 이러하니 사는 것이 죽는 것만 못하옵니다. 처분대로 하옵소서."

이때 회계 나리가 썩 나서서 하는 말이,

"이것 봐라. 어, 그년 요망한 년이로고! 하루살이 인생 같은 년이 얼굴 반반하여 보자 했더니, 이런 말이 다 무엇이냐? 사또께옵서 너를 높게 쳐서 하시는 말씀이지 너 같은 기생 년이 수절이며 정절이 다 무슨 소용이냐? 구관 사또 전송하고 신관 사또 맞이함이 당연한 것이지, 허튼소리 하지 마라! 너희 같은 천한 기생에게 충과 열이 웬 말이냐?"

이때 춘향이 하도 기가 막혀 꼿꼿이 앉아 여쭈되,

"충효 열녀에도 위아래가 있소? 자세히 들으시오. 기생으로 말합시다. 해서 기생 농선이는 동선령에 묻혔고, 선천 기생은 나이 어린 아이였지만 칠거지악 알았었고, 진주 기생 논개는 충렬문에 길이 모셔져 있고, 청주 기생 화월이는 삼층각에 올라 있고, 평양 기생 월선이도 충렬문에 들어 있고, 안동 기생 일지홍은 살아생전 열녀문 받은 후에 정경부인에까지 올랐으니 기생이라고 얕잡아

* 충신불사이군, 열녀불경이부 충신은 두 임금을 섬기지 않고, 열녀는 두 남편을 섬기지 않는다.

보지 마옵소서."

춘향이 다시 사또 앞에 여쭈는구나.

"당초에 이수재를 만날 때부터 제 마음은 태산과 서해같이 굳은 마음이었소. 저의 일편단심은 용맹한 장수 맹분도, 뛰어난 계략가 소진과 장의도 빼앗지 못하오. 공명 선생의 높은 재주를 빌린다 해도 일편단심 소녀의 마음 굴복하게 못할 것이오. 예부터 절의 높은 선비로 이름난 기산의 허유, 서산의 백이숙제가 없었다면 후세 사람들이 선비의 충절을 어찌 알았겠소? 제가 비록 천한 계집이지만 남편을 배반하는 것은 사또가 임금님을 배신하는 것과 같지 않겠소? 처분대로 하옵소서."

사또 대노해서,

"이년, 들어라! 반역죄 대역죄는 능지처참이요, 관장을 조롱하고 거역하는 죄는 엄히 다스려 귀양 보내느니라. 죽는다고 서러워 마라!"

춘향이 포악하되,

"유부녀 겁탈하는 건 죄 아니고 무엇이오?"

사또 기가 막혀 어찌나 분하던지 상을 두드리는데, 탕건이 벗겨지고 상투가 풀리며 목청이 쉬어서는,

"이년 잡아 내려라!"

호령하니, 골방에 있던 통인이 "예" 하고 달려들어 춘향의 머리채를 주루루 끌어낸다.

춘향이 떨치며,

"놓아라."

하고는 중간 계단으로 내려가니 급창이 달려들어,

"요년 요년, 어떤 나리님 앞이라고 대답이 그러하냐. 살기를 바랄쏘냐?"

뜰 아래 춘향을 내리치니 호랑이 같은 군노, 사령들이 벌떼같이 달려들어 검고 부드러운 춘향 머리채를 휘감아 연줄 감듯 뱃사공 닻줄 감듯 사월 초파일 등 깃발 감듯 휘휘친친 감아쥐고 내동댕이를 치는구나. 불쌍하다, 춘향 신세 백옥같이 고운 몸이 여섯 육六자 모양으로 엎어졌구나. 좌우 나졸들 늘어서서 곤장을 종류대로 모아서 짚고,

"아뢰라. 형리 대령하라."

사또 화가 얼마나 났던지 벌벌 떨며 기가 막혀 '허푸 허푸' 하며,

"여봐라, 그년에게 더 물을 것도 없다. 묻지도 말고 형틀에 올려 매고 정강이를 부수고 죄인 죽였다 보고 올려라."

춘향을 형틀에 올려 매고는 집장사령* 거동 보아라. 형장, 태장, 곤장을 한아름 담쏙 안아다가 형틀 아래 좌르륵 늘어놓는 소리에 정신이 아찔해진다. 집장사령이 이놈 잡고 능청능청, 저놈 잡고 능청능청, 힘 좋고 빳빳하고 잘 부러지는 놈으로 골라잡고는 오른쪽

* 집장사령 죄인의 볼기를 큰 형장으로 치던 형벌을 집행하는 사람

어깨 벗어 메고 명령을 기다린다.

"분부 받들어라. 네가 그년 사정을 봐준다고 헛곤장을 쳤다가는 당장 목숨이 위태할 것이니 각별히 매우 쳐라."

집장사령 여쭈되,

"사또 분부 지엄한데 저만한 년을 무슨 사정 두오리까. 이년, 다리 까딱도 하지 마라. 움직였다가는 뼈가 부러지리라."

호통하고 들어서서 곤장 검사하는 소리에 발맞추어 가만히 하는 말이,

"한두 개만 견디소. 어쩔 수가 없네. 요 다리는 요리 틀고 저 다리는 저리 트소."

"매우 치라."

"예잇, 때리오."

딱 붙이니 부러진 곤장 조각이 푸르르 날아 공중에 빙빙 솟아 상방 뜰 아래 떨어지고, 춘향이는 아무쪼록 아픈 데를 참으려고 이를 악물고 고개만 돌리며,

"애고, 이게 웬일이요."

하는구나. 곤장 칠 때는 원래 사령이 서서 숫자를 세는 것이지만 형장부터는 법이 정한 곤장이라 형리와 통인이 닭싸움하듯 마주 엎드려서 한 대 치면 바닥에 한 줄 긋고, 두 대 치면 두 줄 긋고, 무식하고 돈 없는 놈 술집 담벼락에 술값 긋듯이 그어 놓으니 한 일一 자가 되었구나.

춘향이 저절로 서러움 북받쳐 울면서 말한다.

"일편단심 굳은 마음
일부종사 뜻이오니
일개 형벌 치신대도
일 년이 다 못 가서
일각인들 변하리까."

이때 남원 사는 남녀노소가 모두 모여들어 구경하니 좌우 사람들이,

"모질구나, 모질구나.
우리 골 원님이 모질구나.
저런 형벌이 왜 있으며
저런 매질이 왜 있을까.
집장사령 놈 눈에 익혀 두어라.
관아 문밖에 나오면 당장 죽이리라."
보고 듣는 사람들 누가 아니 눈물 흘리랴.

둘째 낱 딱 붙이니,
"아황, 여영 두 왕비 절개를 아오니
불경이부 이 내 마음,

이 매 맞고 영 죽어도
이 도령은 못 잊겠소."

셋째 낱을 딱 붙이니,
"삼종지도三從之道* 지엄한 법
삼강오륜 알았으니,
세 번 형벌 받아 귀양을 갈지라도
삼청동 우리 낭군 이 도령은 못 잊겠소."

넷째 낱을 딱 붙이니,
"사대부 사또님은
사농공상 백성 살피지 않고 위력에만 힘을 쓰니
사십팔방 남원 백성 원망함을 모르시오.
사지를 가른대도
사생死生 간에 함께할 우리 낭군 못 잊겠소."

다섯 낱째 딱 붙이니,
"삼강오륜 분명하고

* 삼종지도 예전에 여자가 따라야 할 세 가지 도리. 어려서는 아버지를, 결혼해서는 남편을, 남편이 죽은 후에는 자식을 따라야 했다.

부부유별 오행으로 맺은 연분

올올이 찢어 낸들

오매불망 우리 낭군

온전히 생각나네.

오동추야 밝은 달은

임 계신 데 보련마는

오늘이야 편지 올까

내일이야 편지 올까.

무죄한 이내 몸이

죄지은 것 없사오니

오판은 하지 마오.

애고애고, 내 신세야."

여섯 낱째 딱 붙이니,

"육육은 삼십육으로

낱낱이 고찰하여

육만 번 죽인대도

육천 마디 어린 사랑

변할 수 전혀 없소."

일곱 낱을 딱 붙이니,

"칠거지악 범하였소?
칠거지악 아닌데
이런 형벌 웬일이오.
칠 척 검 드는 칼로
마디마디 잘라 이제 바삐 죽여 주오.
치라 하는 저 형방아,
칠 때마다 세지 마소.
칠보같이 고운 얼굴
다 죽어 가는구나."

여덟째 낱 딱 붙이니,
"팔자 좋은 춘향 몸이
팔도 방백 수령 중에
명관을 만났구나.
팔도 방백 수령님네
백성 다스리러 내려왔지
형벌 주러 내려왔소?"

아홉째 낱 딱 붙이니,
"구곡간장 굽이 썩으니
이내 눈물 구 년 홍수 나겠구나.

아홉 구비 청산 장송 베어
배 만들어 타고서는
한양 성중 급히 가서
구중궁궐 임금님 앞
구구한 심정 하소연하고
궁궐 뜰에 물러나와
삼청동 찾아가서
우리 사랑 반갑게 만나면
굽이굽이 맺힌 마음
잠깐 사이 풀련만은."

열째 낱을 딱 붙이니,
"십생구사 할지라도
팔십 년 정한 뜻을
십만 번 죽인대도
가망 없고 할 수 없지.
십육 세 어린 춘향
곤장 맞아 죽은
원귀 될 것 가련하오."

열 치고는 그만할 줄 알았는데 열다섯째 딱 붙이니,

"십오야 밝은 달은

띠구름에 묻혀 있고

서울 계신 우리 낭군은

삼청동에 묻혀 있네.

달아 달아 보느냐.

임 계신 곳 나는 어이 못 보는고."

스물 치고 그만할까 여겼더니 스물다섯째 낱을 딱 붙이니,

"이십오현 거문고 타는 달밤,

원망을 못 이기는 저 기러기.

너 가는 곳 어디메냐.

가는 길에 한양성 찾아가

삼청동 우리 임께 내 말 부디 전해 다오.

나의 형상 자세히 보고

부디부디 잊지 마라.

온 하늘에 어린 마음

옥황상제께 아뢰고저."

옥 같은 춘향 몸에 솟는 것은 유혈이요, 흐르느니 눈물이라. 피눈물 한데 흘러 무릉도원의 붉은 시냇물이 되었구나.

춘향이 점점 악쓰며 하는 말이,

"이렇게 하지 말고 소녀를 아예 능지처참하여 아주 박살 내 죽여 주오. 죽은 후에 원망 품은 새가 되어 두견새와 함께 울며 달 밝은 밤 우리 이 도련님 잠이라도 깨게 하여이다."

춘향이 말 못하고 기절하니, 엎드렸던 형방 통인 고개 들어 눈물 씻고 매질하던 저 사령도 눈물 씻고 돌아선다.

"사람의 자식으로 참 못할 일이로다."

좌우에 구경하던 사람들과 거행하던 관리들도 눈물 씻고 돌아서며,

"춘향이 매 맞는 모습, 사람 자식은 못 보겠다. 모질도다 모질도다, 춘향 정절이 모질도다. 하늘이 낸 열녀로다."

남녀노소 할 것 없이 서로 눈물 흘리며 돌아서는데 사또인들 좋겠는가.

"네 이년, 관아에서 발악하고 맞으니 좋은 게 무엇이냐? 이후에 또 그렇게 관장의 명을 거역하겠느냐?"

반은 죽고 반은 산 채 저 춘향이 점점 악쓰며 하는 말이,

"여보시오, 사또 들으시오. 사람이 한을 품으면 생사를 안 가리는 것 모르시오? 계집이 모진 마음 먹으면 오뉴월 서리도 내리게 하오. 원혼 되어 중천에 떠다니다 임금 계신 곳 찾아가서 하소연하면 사또인들 무사하겠소? 차라리 죽여 주오."

사또 기가 막혀,

"허허, 그년. 말 못할 년이로고. 큰칼 씌워 하옥하라."

하니 큰칼 씌워 봉인해서 등에 업고 삼문 밖 나오는구나. 기생들이 그 뒤를 따라 나오며,

"애고, 서울댁아, 정신 차리게. 애고, 불쌍하여라."

사지를 만지며 약을 갈아 먹이며 서로 보고 눈물 흘리는데, 이때 키 크고 속없는 낙춘이가 들어오며 말하기를,

"얼씨고 절씨고 좋을씨고. 우리 남원도 열녀 현판 달리겠구나."

하더니, 왈칵 달려드는구나.

"애고, 서울댁아, 불쌍하여라."

이리 야단할 때 춘향 어미가 정신없이 들어오더니 춘향의 목을 안고 말하기를,

"애고, 이게 웬일이냐? 죄는 무슨 죄며 매는 무슨 매냐? 관청의 여러 나리님, 내 딸이 무슨 죄요? 군사방의 두목들아, 곤장 잡는 사정이들아, 무슨 원수 맺혔더냐?

애고애고, 내 일이야. 칠십 당년 늙은것이 의지 없이 되었구나. 무남독녀 내 딸 춘향 규중에서 곱게 길러 내어 밤낮으로 서책만 놓고 여자 언행 공부하며 나보고 하는 말이 '어머니, 아들 없다 설워 마오. 외손도 제사 모신다오' 하니, 이러한 지극정성 옛 효자라도 내 딸만 할까. 자식 사랑하는 법이 상중하가 다르겠소? 이내 마음 둘 데 없네.

가슴에 불이 붙어 한숨이 연기로다. 김 번수야, 이 번수야. 상전 명령 엄하다고 이렇게 몹시 쳤느냐? 애고, 내 딸 맞은 자리, 눈같이

흰 두 다리에 연지 같은 피 비쳤네. 명문가 규중에서는 눈먼 딸도 원하더라만 그런 데 가서 생길 것을 기생 월매 딸이 되어 이 지경이 웬 말이냐. 춘향아, 정신 차려라. 애고애고, 내 신세야."

하더니, 향단이를 부른다.

"향단아, 삼문 밖에 가서 일꾼 둘만 사 오너라. 서울 급한 인편 보낼란다."

춘향이 인편 보낸다는 말을 듣고,

"어머니, 마시오. 그게 무슨 말씀이오. 만일 서울 올라간 인편에게 도련님이 소식 들으시고 층층시하層層侍下*에 어찌할 줄 몰라 심사 울적해서 병이 되면 그것도 여자 도리 아니오. 그런 말씀 마시고 옥으로 가사이다."

* 층층시하 부모, 조부모 등 어른들을 모시고 사는 처지

옥에 갇혀 점을 치니

사정이 등에 업혀 옥으로 들어갈 제, 향단이는 칼머리 들고 춘향 모는 뒤를 따라 감옥 문간에 당도했구나.

"옥 형방, 문을 여시오. 형방도 잠들었나?"

옥중에 들어가서 옥방 형상 볼작시면, 부서진 대나무 창문 틈으로 화살을 쏘는 듯한 바람이 불고 무너진 벽과 낡은 돗자리에 벼룩 빈대가 온몸을 괴롭힌다.

이때 춘향이 옥방에서 장탄가로 울던 것이었다.

"이내 죄가 무슨 죄냐?
나라 곡식 도적질도 아닌데
엄한 형벌 중한 곤장 무슨 일고.
살인 죄인 아닌데 족쇄가 웬일이며,
삼강 도리 어긴 죄인 아닌데

사지 결박 웬일이며,
음탕한 짓 한 죄인 아닌데
이 형벌이 웬일인고.
삼강의 물이 벼룻물 되어
푸른 하늘 한 장 종이에
나의 설움 풀어내어
옥황상제 앞에 올리고저.

낭군 그리워
가슴 답답 불이 붙네.
한숨이 바람 되어 불을 붙이니
속절없이 나 죽겠네.
홀로 섰는 저 국화는
높은 절개 거룩하다.
눈 속에 푸른 솔은
천고 절개 지켰구나.
푸른 솔은 나와 같고
노란 국화 낭군 같네.

슬픈 생각에 뿌리나니 눈물이요,
적시느니 한숨이라.

한숨은 청풍淸風 삼고
눈물은 가는 비 삼아
청풍이 비를 몰아
불거니 뿌리거니
임의 잠을 깨우고저.
견우직녀성은
칠석 상봉 하실 적에
은하수 막혔어도
때 놓친 일 없었건만,
우리 낭군 계신 곳은
무슨 물이 막혔길래
소식조차 못 듣는고.

살아서 이리 그리느니
아주 죽어 잊고지고.
차라리 이 몸 죽어
공산에 두견새 되어
이화월백梨花月白 삼경 밤에
슬피 울어 낭군 귀에 들리고저.
청강에 원앙 되어
짝을 불러 다니면서

다정함과 유정함을
임의 눈에 보이고저.
삼월 봄날 호랑나비 되어
향기 묻힌 두 날개로
봄빛을 자랑하여
낭군 옷에 붙고지고.
맑은 하늘 달이 되어
밤이 되면 솟아올라
밝디밝은 빛으로
임의 얼굴 비추고저.
이내 간장 썩는 피로
임의 얼굴 그려 내어
방문 앞에 걸어 두고
들며 나며 보고지고.

수절 정절 절대가인
참혹하게 되었구나.
빛깔 좋은 형산백옥
진흙 속에 묻혔는 듯.
향기로운 상산초가
잡풀 속에 섞였는 듯.

오동 속에 놀던 봉황
가시나무에 깃들인 듯.

자고로 성현들도
무죄한데 갇혔으니,
요堯, 순舜, 우禹, 탕湯 어진 임금도
걸왕, 주왕의 포악으로
감옥에 갇혔다가
풀려나 성군 되셨고,
성군이신 주周 문왕도
폭군인 은殷 주왕의 해를 입어
감옥에 갇혔다가
풀려나 성군 되셨고,
만고성현 공자께서도
양호에게 반역 입어
광야에 갇혔다가
풀려나 성인 되셨지.
이런 일로 볼작시면
죄 없는 이내 몸도 살아나서
세상 구경 다시 할까?

답답하고 원통하다.
날 살릴 이 뉘 있을까?
서울 계신 우리 낭군
벼슬길로 내려와
이렇듯이 죽어가는
내 목숨 못 살리려나.
여름날 구름은
봉우리마다 많으니
산이 높아 못 오는가.
금강산 상상봉이
평지 되거든 오시려나.
병풍에 그린 닭이
두 나래를 툭툭 치며
새벽에 날 새라고
울거든 오시려나.
애고애고, 내 일이야."

대나무 창문 열어 보니 밝고 맑은 달빛이 방 안에 드는데 어린 것이 홀로 앉아 달더러 묻는 말이,

"저 달아, 보느냐.

임 계신 데 나도 보게
밝은 기운 빌리자.
우리 임이 누웠더냐, 앉았더냐.
보는 대로만 네가 일러
나의 수심 풀어 다오."

애고애고, 서럽게 울다 홀연히 잠이 드니 비몽사몽간에 나비가 장주莊周 되고 장주가 나비 되어 가는 비같이 남은 혼백 바람인 듯 구름인 듯.

한 곳에 당도하니 하늘과 땅이 드넓게 펼쳐지고 산수가 수려한 데 은은한 대숲 사이에 채색한 누각이 허공에 잠겨 있다. 원래 귀신들은 큰바람 일어날 때 하늘로 솟고 땅으로 꺼지듯 다니는 것이니, 베개 위 잠깐 봄 꿈속에서 강남 수천 리를 다 지났구나.

앞을 살펴보니 황금색 큰 글씨로 '만고정절 아황과 여영*의 묘'라고 뚜렷이 붙어 있어 마음에 홀린 듯 배회하는데, 아름다운 여인 셋이 나오니 등불을 든 건 석숭의 첩 녹주요, 남은 둘은 진주 기생 논개와 평양 기생 월선이라.

춘향을 인도해 내당으로 들어가니 대청 위에서 흰옷 입은 단아한 두 부인이 손을 들어 청하는구나. 춘향이 사양하되,

* 아황과 여영 고대 중국의 성군으로 알려진 순임금의 두 부인

"속세의 천한 소녀가 어찌 황릉묘에 오르리까."

부인이 기특히 여기며 재삼 청하니 사양치 못하고 올라가 자리에 앉았구나.

"네가 춘향이냐? 기특하도다. 일전에 신선들이 모이는 요지연에 갔더니 네 이야기를 많이 하기에 간절히 보고 싶어 청하였다."

춘향이 두 번 절하고 말하기를,

"첩이 비록 무식하나 고서에서 두 분을 뵙고는 죽은 후에나 존안을 뵈올까 하였습니다. 그런데 이렇듯 황릉묘에서 뵙게 되니 황공할 뿐이옵니다."

아황이 말씀하되,

"남편이신 순임금께서 남쪽 지방을 순찰하시다가 창오산에서 세상을 떠나신 후, 속절없는 이 두 몸이 소상강을 헤매며 대나무에 피눈물을 뿌렸구나. 가지마다 아롱아롱 잎잎마다 원한이니, 창오산 무너지고 소상강 강물 말라야 대나무의 피눈물 얼룩이 없어질 것이라. 천추에 깊은 한을 하소연할 곳 없더니, 네 절행이 기특하여 너에게 말하노라. 순임금 가신 지 수천 년이건만 청렴한 세상은 언제 오겠더냐? 또 오현금 타며 읊던 순임금의 남풍시는 지금까지 전해지고 있더냐?"

이렇듯 말씀할 때 어떠한 부인이 이어서 말했다.

"춘향아, 나는 밝은 달밤 옥통소 소리에 선녀가 된 농옥이다. 퉁소 잘 불던 소사簫史의 아내로, 태화산에서 이별한 후 낭군이 용

타고 날아 올라간 것 한이 되어 옥퉁소로 마음을 풀곤 하였단다. 곡조가 멈추고는 날아간 곳 모르는데 산 밑에 벽도화는 저절로 피더구나."

이때 또 한 부인이 나서서 말했다.

"나는 한나라 궁녀 왕소군이라. 오랑캐 땅으로 잘못 시집가 그곳에서 죽었으니 한 줌 푸른 무덤뿐이었단다. 초상화로 미인을 가려내려 했지만 달밤에 가엾은 넋이 되어 돌아왔을 뿐이구나."*

한참 이러할 때 음산한 바람이 일어나면서 촛불이 벌렁벌렁, 무엇인가 촛불 앞으로 달려들어 춘향이 놀라 살펴보니 사람도 아니요 귀신도 아닌데 어렴풋한 가운데 울음소리가 낭자하다.

"여봐라, 춘향아. 네가 나를 모르느냐. 나는 한고조 아내 척부인이다. 우리 황제 돌아가신 후 여후가 독한 마음으로 내 수족을 끊어 내고 두 귀에는 불 지르며 눈을 빼고 독약 먹여 측간 속에 넣었으니 천추에 깊은 한을 어느 때나 풀어 보랴."

이렇게 울 때 아황이 말씀하시기를,

"이승과 저승이 달라 분별하는 도리가 있으니 이곳에 오래 머

* 초상화로 미인을~돌아왔을 뿐이구나 한나라 황제는 흉노족 왕에게 보낼 궁녀를 뽑기 위해 궁녀들의 초상화를 그려 올리라고 명했다. 아름답게 그려져야 뽑히지 않는다는 사실을 알아챈 궁녀들은 화가에게 뇌물을 주며 예쁘게 그려 달라고 청했다. 하지만 실제 미인인 왕소군은 굳이 뇌물을 바치지 않았다. 이를 괘씸하게 여긴 화가는 왕소군을 가장 추하게 그렸고, 결국 왕소군이 흉노에 가게 되었다.

물지는 못할 것이로다."

여종을 불러 하직하게 하니, 동쪽 귀뚜라미 소리는 시르렁, 한 쌍 나비는 펄펄. 춘향이 깜짝 놀라 깨어 보니 꿈이로다. 감옥 창문에 앵도화가 떨어져 보이고 거울 복판이 깨어져 보이며 문 위에 허수아비가 보이니,

'내가 죽을 꿈이로구나.'

수심과 걱정에 밤을 새우는데 기러기 울면서 달빛 아래 줄을 지어 남쪽으로 날아가는구나. 밤은 깊어 삼경이요, 궂은비는 퍼붓는데 도깨비는 삑삑, 밤새 소리는 붓붓, 문풍지는 펄렁펄렁, 온갖 소리 다 들린다. 귀신이 우는데 매 맞아 죽은 귀신, 곤장 맞아 죽은 귀신, 대롱대롱 목매달아 죽은 귀신 사방에서 울어 귀곡성이 낭자하다. 방 안, 추녀 끝, 마루 아래, 여기저기서 '애고애고' 귀신 소리에 잠들 길이 전혀 없다.

춘향이가 처음에는 귀신 소리에 정신이 없더니 지날수록 익숙해져 이제는 서러운 굿거리 소리처럼 여기며,

"이 몹쓸 귀신들아. 나를 잡아가려거든 조르지나 말거라. 어서 빨리 물러나거라."

귀신 쫓는 주문을 중얼거리고 있는데 옥 밖으로 봉사가 하나 지나가면서,

"점을 치시오."

외치는구나.

춘향이 듣고,

"어머니, 나 저 봉사 좀 불러 주오."

춘향 어미가 봉사를 부른다.

"여보, 저기 가는 봉사님."

불러 놓으니 봉사 대답하되,

"거기 누구요?"

"춘향이 어미요."

"어찌 나를 부르오?"

"우리 춘향이가 옥중에서 봉사님을 잠깐 오시라고 하오."

봉사가 웃으면서,

"날 찾는다니 의외로다. 가지."

봉사가 옥으로 가는데 춘향 어미가 봉사의 지팡이를 잡고 길을 인도하는구나.

"봉사님, 이리 오시오. 이것은 돌다리고 이것은 개천이요. 조심하여 건너시오."

앞에 개천이 있어 여러 번 벼르다 뛰어 보는데 봉사라 보이지 않으니 멀리 뛰진 못하고, 높이만 올라가서 한가운데 풍덩 빠졌다가 기어 나오려고 짚는다는 게 개똥을 짚었구나.

"아이코, 이게 정말 똥이구나."

손을 들어 맡아 보니 묵은 쌀밥 먹고 썩은 똥이로다. 손을 흔들어 털다가 모진 돌에 부딪히니 어찌 아프던지 입에다가 쓸어 넣고 우는데 눈에서 눈물을 뚝뚝 떨구며 말한다.

"애고애고, 내 팔자야. 조그마한 개천을 못 건너고 이 봉변을 당했으니 누구를 원망하리. 내 신세를 생각하니 천지만물을 보지 못해 밤낮도 모르고 사계절도 모르니. 봄이 와도 꽃 핀 경치 못 보고 가을 와도 국화에 단풍 경치 못 보며, 부모를 알아보나 처자를 알아보나 친구 벗님을 알아보나.

세상천지를 모르고 밤중같이 지내다가 이 지경이 되었구나. 이것이 정말 소경의 잘못이냐, 개천의 잘못이냐. 소경 잘못이지 원래 있던 개천에 무슨 잘못 있겠는가. 애고애고."

서럽게 우니 춘향 어미도 슬퍼하며,

"그만 우시오."

달래어 목욕하게 했구나.

옥으로 들어가니 춘향이 반갑게 여기며,

"애고, 봉사님. 어서 오시오."

봉사가 춘향이 천하일색이라는 말은 듣고 반가워한다.

"음성을 들으니 춘향 아씨인가 보오."

"예, 맞소."

"내가 벌써부터 자네를 한 번이라도 보려 했는데 가난하면 일이 많은 법이라 못 오다가 나를 부르기에 이제야 왔소. 인사가 늦었소."

"그럴 리가 있소. 눈 어둡고 연로하신데 기력은 어떠시오?"

"내 염려는 마시게. 대체 나를 어찌 청하였소?"

"예, 다름 아니라 간밤에 흉몽을 꾸어 해몽도 하고 우리 서방님이 어느 때나 나를 찾을까 길흉을 여쭙고 싶어 청하였소."

"그러지."

봉사가 점을 치는구나.

"신령하신 하늘님께 축원하고 비나이다. 천지신명은 두드리면 응답해 주실 테니 영험한 기운으로 통하게 하옵소서. 길흉화복과 옳고 그름을 밝게 알려 주시옵소서. 복희, 문왕, 무왕, 무공, 주공, 공자, 오대 성현, 안자, 증자, 자사, 맹자, 성문십철, 제갈공명, 이순풍, 소강절, 정명도, 정이천 등 여러 선생께서는 밝게 살펴 주소서. 마의도자, 구천선녀, 육정, 육갑 신장, 연월일시 사방 별과 괘를 던진 동자, 괘를 버린 동자까지 여러 신령께서는 허공에서도 감응하시어 제사를 올리오니 향냄새를 맡으시고 강림하셔서 부디 알려 주소서. 전라북도 남원부에 사는 열녀 성춘향이 몇 월 며칠에 옥중에서 풀려나며, 서울 삼청동에 사는 이몽룡은 몇 월 며칠에 남원에 다시 내려오겠소? 바라오니 여러 신이 밝게 알려 주시옵소서."

산통을 철겅철겅 흔들더니,

"어디 보자, 일이삼사오륙칠. 허허, 좋다. 좋은 점괘로다. 물고기가 그물을 피하니 작은 것이 쌓여 크게 되리라. 옛날 주 무왕이 이 점괘 얻어서 금의환향하였으니 어찌 아니 좋을쏜가. 천 리 밖에서도 서로 마음을 아니 친한 사람을 만나리라. 자네 서방님이 머지않아 내려와서 평생 한을 풀겠네. 걱정 마시오. 점괘가 참 좋거든."

춘향이 대답하되,

"그 말대로 되면 오죽 좋사오리까? 간밤 꿈 해몽이나 좀 하여 주옵소서."

"어디 자세히 말을 하시오."

"단장하던 거울이 깨져 보이고, 창문 앞에 앵두꽃이 떨어져 보이고, 문 위에 허수아비 달려 보이고, 태산이 무너지고 바닷물이 말라 보였소. 나 죽을 꿈 아니오?"

봉사가 가만히 생각하다가 잠시 후 말하기를,

"그 꿈 참 좋다. 꽃이 떨어지니 열매가 맺을 것이요, 거울이 깨지니 소리가 없겠는가. 문 위에 허수아비가 달렸으니 모든 이가 우러러볼 것이요, 바다가 마르면 용의 얼굴을 볼 것이요, 산이 무너지면 평지가 될 것이라. 좋다. 쌍가마 탈 꿈이로세. 걱정 마소. 멀지 않았네."

한참 이리 주고받을 때 뜻밖에 까마귀가 감옥 담장에 와서 앉더니 '까옥 까옥' 울거늘 춘향이 손을 들어 '후여' 날린다.

"방정맞은 까마귀야, 나를 잡아가려거든 조르지나 마라."

봉사가 이 말을 듣더니,

"가만있소. 그 까마귀 '가옥 가옥' 그렇게 울지?"

"예, 그래요."

"좋다 좋아. 가 자는 아름다울 가嘉요, 옥 자는 집 옥屋이라. 아

름답고 즐겁고 좋은 일이 오래잖아 돌아와서 평생에 맺힌 한을 풀 것이니 조금도 걱정 마소. 지금은 복채 천 냥을 준대도 아니 받을 것이니, 나중에 귀하게 되었을 때 괄시나 하지 마소. 나 돌아가네."

"예, 평안히 가옵시고 후일 뵈옵시다."

춘향이 장탄수심長歎愁心*으로 세월을 보내더라.

* 장탄수심 크게 탄식하며 근심하는 마음

장원 급제한 이 도령

이때 한양성 도련님은 밤낮으로《시경》과《서경》, 제자백가를 공부했으니 문장은 이백이요, 글씨는 왕희지였다. 나라에 경사가 있어 태평과를 실시하는데 서책을 품에 품고 과거장에 들어가 좌우를 둘러보니 전국에서 모여든 허다한 선비들이 일시에 임금님께 절을 한다. 궁중 음악 청아한 소리에 앵무새가 춤을 추니 대제학이 임금이 내리신 과거 제목을 뽑아내고 도승지가 이를 모셔 붉은 휘장 위에 걸어 놓으니,

'춘당대의 봄빛이 예나 지금이나 똑같다.'

라고 뚜렷이 걸렸다. 이 도령이 살펴보니 익히 보던 바라. 시험지를 펼쳐 놓고 풀이할 방향을 생각하고는, 용 벼루에 먹을 갈아 족제비 털로 만든 좋은 붓에 반 너머 흠뻑 먹물 묻혀서는 왕희지의 필법, 조맹부의 필체로 일필휘지 써 내려가 제일 먼저 글을 바쳤구나. 시험관이 이 글을 보고 글자마다 잘 썼다는 표점을 찍고

구절마다 칭찬하는 원을 그리니, 답지에 그려진 모양이 용이 날고 기러기가 앉은 듯한 모양이라. 세상에 보기 드문 큰 인재로다. 이름을 불러 임금이 석 잔 술을 따라 권하신 후, 장원 급제 답안을 휘장에 걸어 시험장에 걸어 두고 나올 적에 머리에는 어사화요, 몸에는 앵삼*이요, 허리에는 학 모양 띠를 둘렀다. 삼 일간 친지들께 인사 올리고 산소를 찾아뵌 뒤 전하께 절을 하니 친히 불러 보신 후에,

"경의 재주가 조정에서 으뜸이라."

하시고, 도승지가 들어와 전라도 어사를 제수하시니 평생 소원이 이루어졌구나. 수놓은 관복에 마패, 유척鍮尺*을 내주시니 전하께 하직하고 본댁으로 나아가는데 관을 쓴 풍채는 깊은 산의 호랑이와도 같다.

부모님께 하직 인사를 하고 전라도로 행한다. 남대문 밖 썩 나서서 서리, 중방, 역졸 들을 거느리고 청파역에서 말 잡아타고는 칠패, 팔패, 배다리 얼른 넘어 밥전거리 지나 동작을 얼핏 건너, 남태령을 지나 과천에서 점심을 먹고, 사근내, 미륵당을 지나 수원에 숙소를 정한다. 다음 날 대황교, 떡전거리, 진개울, 중미를 지나 진위에서 점심 먹고, 칠원, 소사, 애고다리를 지나 성환역에서 숙소

* 앵삼 과거 급제자가 입는 예복
* 유척 놋쇠로 만든 표준 자. 보통 한 자보다 한 치 더 긴 것을 단위로 하며 지방 수령이나 암행어사 등이 시신을 조사할 때 썼다.

를 정한다. 상류천, 하류천, 새술막을 지나 천안읍에서 점심 먹고, 삼거리, 도리치를 지나 김제역에서 말 갈아타고 신덕평, 구덕평 얼른 지나 원터에 숙소를 정한다. 팔풍정, 화란, 광정, 모란, 공주, 금강을 건너 금영에서 점심 먹고, 높은 행길 소개문, 어미널티 지나 경천에서 숙소를 정한다. 노성, 풋개, 사다리, 은진, 간치당이, 황화정, 지애미고개 지나 여산읍에서 숙소를 정하고는, 이튿날 서리, 중방 불러 분부한다.

"이곳은 전라도 첫 읍인 여산이다. 막중한 국사를 거행할 때 명을 받들지 않으면 죽음을 면치 못하리라."

추상같이 호령하며 서리 불러 분부하되,

"너는 전라 좌도로 들어가 진산, 금산, 무주, 용담, 진안, 장수, 운봉, 구례, 이 여덟 개 읍을 순행하여 아무 날 남원읍으로 대령하라.

중방, 역졸 너희는 전라 우도로 들어가 용안, 함열, 임피, 옥구, 김제, 만경, 고부, 부안, 흥덕, 고창, 장성, 영광, 무장, 무안, 함평으로 순행하여 아무 날 남원읍으로 대령하라.

종사 너희는 익산, 금구, 태인, 정읍, 순창, 옥과, 광주, 나주, 창평, 담양, 동복, 화순, 강진, 영암, 장흥, 보성, 흥양, 낙안, 순천, 곡성으로 순행하여 아무 날 남원읍으로 대령하라."

분부해서 각기 나누어 출발시킨 후에 어사또 행색을 차리는데 모양 보소. 사람들을 속이려고 모자 없는 헌 갓에 굵은 줄을 총총 매어 질 낮은 갓끈에 달아 쓰고, 윗부분만 남은 헌 망건에 아교풀

고리를 노끈 당줄에 달아 쓰고, 의뭉하게 헌 도포에 무명실 띠를 가슴에 동여매고는 대만 남은 헌 부채에 솔방울로 장식 달아 햇빛을 가리면서 내려온다.

통새암 지나 삼례에서 숙소를 정하고 한내, 주엽쟁이, 가린내, 싱금정 구경하고 숲정이, 공북루 서문을 얼른 지나 남문에 올라 사방을 둘러보니 절경으로 유명한 소강남이 여기로다. 완산팔경完山八景으로 유명한 경치를 구경하니, 기린봉에 솟는 달, 한벽당의 맑은 안개, 남고사의 저녁 종소리, 건지산의 보름달, 다가산의 활터, 덕진 연못의 연꽃 따기, 비비정에 내려앉는 기러기, 위봉산의 폭포로다.

이러면서 찬찬히 내려오니 각 읍 수령들이 어사 났단 말을 듣고 업무를 돌보고 앞서 처리한 일들을 단속하니 하인들이라고 편하리오. 이방, 호장은 정신이 없고, 공적인 회계를 맡아보는 형방, 서기는 여차하면 도망가려고 준비하며, 많고 많은 각 청 아전들이 정신을 잃도록 분주하도다.

이때 어사또는 임실 구와뜰 근처에 당도하니 이때가 마침 농사철이라. 농부들이 〈농부가〉를 부르며 일하는 소리가 야단스럽게 들린다.

"어여로 상사뒤요

천지 사이 태평할 때

도덕 높은 우리 성군
태평성대 동요로 듣던
요임금의 성덕이라
어여로 상사뒤요
순임금이 만드신 그릇
역산에서 밭을 갈고
어여로 상사뒤요
신농씨가 내신 쟁기
대대손손 전해지니
어찌 아니 높은가
어여로 상사뒤요
하우씨 어진 임금
구 년 홍수 다스리고
어여로 상사뒤요
은왕 탕왕 어진 임금도
칠 년 가뭄 당하였네
어여로 상사뒤요
이 농사를 지어 내어
우리 임금께 세금 낸 후
남은 곡식으로
부모 봉양 아니하며

자식 양육 아니할까
어여로 상사뒤요
백 가지 심어 두어
사계절을 짐작하니
믿을 것은 백초로다
어여로 상사뒤요
벼슬 공명 좋은 호강이라도
농부 팔자 당할쏘냐
어여로 상사뒤요
남북 논밭 잘 갈아서
배불리 먹어 보세
어럴럴 상사뒤요."

한참 이러할 때 어사또가 지팡이 짚고 이만치 서서 〈농부가〉를 구경하다가,

"저기는 대풍大豐이로구나."

하는데, 또 한편을 바라보니 이상한 일이 있다.

건장한 노인들이 끼리끼리 모여 서서 나뭇등걸 남아 있는 험한 땅을 밭으로 일구는데 갈대로 된 모자를 숙여 쓰고 쇠스랑을 손에 들고는 〈백발가〉를 부르는 것이었다.

"등장[*] 가자 등장 가자

하느님 전에 등장 갈 양이면

무슨 말을 하실는지.

늙은이는 죽지 말고

젊은 사람 늙지 말고

하느님 전 등장 가세.

원수로다 원수로다

백발이 원수로다

오는 백발 막으려고

오른손에 도끼 들고

왼손에 가시 들고

오는 백발 두드리며

가는 홍안[*] 끌어당겨

청실로 결박하여

단단히 졸라매되

가는 홍안 절로 가고

백발은 때때로 돌아와

귀밑에 살 잡히고

* 등장 여럿이 이름을 이어 써서 관청에 올려 하소연하는 일
* 홍안 젊은 얼굴

검은 머리 백발 되니

아침에 청실처럼 곱던 머리가

저녁엔 흰 눈이 덮여 있네.

무정한 게 세월이라.

젊은 시절 즐거움 깊어도

시간이 흘러가니

이 아니 세월인가.

천하에 좋은 말 잡아타고

서울 큰길 달리고 싶구나.

만고강산 좋은 경치

다시 한 번 보고지고.

절대가인 곁에 두고

온갖 즐거움 놀고지고.

꽃 피고 달 뜨는 아침저녁

사시사철 좋은 경치

눈 귀 어두워 보고 듣지 못하면

할 수 없는 일일세.

슬프다 우리 벗님,

어디로 가겠는가?

구월 단풍잎 지듯

차례차례 떨어지고

새벽하늘 별 지듯이

드문드문 사라지니

가는 곳이 어디메냐.

어여로 가래질이야.

아마도 우리 인생

일장춘몽一場春夢인가 하노라."

춘향 소식에 눈물 툭툭

한참 이렇게 노래할 때 한 농부가 썩 나서며,

"담배 먹세, 담배 먹세."

갈대 모자 숙여 쓰고 논두렁에서 나오더니 담뱃대 넌짓 들어 가죽 쌈지를 찾는다. 쌈지에서 담뱃잎을 꺼내 침을 섞어 엄지손가락을 젖혀서 비빗비빗 단단히 넣고는 짚불 속을 뒤져서 화로에 푹 찌르더니 담배를 피운다. 농사꾼이 빽빽하게 잎을 넣어 담뱃대에서 쥐 새끼 소리가 나겄다. 양 볼이 오목오목, 콧구멍이 발심발심, 연기가 홀홀 나게 피워 물고 있구나. 이런 농부에게 어사또 반말하기는 이력이 났지.

"저 농부, 말 좀 물어보면 좋겠구먼."

"무슨 말?"

"이 고을 춘향이가 본관 사또 수청을 들어서 뇌물 많이 받아먹고 백성들에게 폐를 끼친다는 말이 옳은지?"

농부가 열을 내며 말하기를,

"그쪽은 어디 사나?"

"어디 살든."

"어디 살든지라니. 그쪽은 눈콩알 귀콩알이 없나? 지금 춘향이는 수청 못 든다 하고 곤장 맞고 감옥에 갇혔으니 기생 중에 그런 열녀 나기는 세상에 드문지라. 옥결 같은 춘향 몸이 자네 같은 동냥 거지에게 더러운 말을 듣다니. 그래 가지고는 자네 구걸도 못해 먹고 굶어 뒤질 걸세. 올라간 이 도령인지 삼 도령인지 그놈의 자식은 한번 가곤 무소식이니 인간이 그래서는 벼슬은커녕 내 좆만도 못하지."

"어, 그게 무슨 말인고."

"왜, 이 도령과 아는 사이인가?"

"알기야 어찌 알랴마는 남을 어찌 그리 고약하게 말하는고?"

"자네가 철모르는 말을 하니 그렇지."

말을 주고받고는 어사가 돌아선다.

"허허, 망신이로고. 자, 농부네들 일하오."

"예."

하직하고 한 모퉁이를 돌아드니 아이 하나 오는데, 지팡이를 끌면서 시조 절반 사설 절반 섞어서 중얼거리는구나.

"오늘이 며칠인가. 천 리 길 한양성을 며칠 걸어 올라가랴. 조자룡이 타던 청총마가 있다면 오늘 안에 가련마는. 불쌍하다. 춘향이는 이 서방을 생각하며 옥중에 갇혀서 목숨이 경각에 달렸구나. 몹쓸 양반 이 서방은 한번 가고는 소식 끊어지니 양반의 도리는 그러한가."

어사또 그 말 듣고,

"아이야, 어디 사는고?"

"남원읍에 사오."

"어디에 가는 길이냐?"

"춘향의 편지 가지고 구관 사또 댁 찾아가오."

"얘, 그 편지 나 좀 보자."

"그 양반 철모르는 양반이네."

"무슨 소린고?"

"글쎄 들어 보시오. 그냥 남의 편지 보기도 어려운 것인데 하물며 남의 부인네가 쓴 편지를 보자 한단 말이오?"

"들어 보아라. '행인行人이 임발우개봉臨發又開封'이라, 행인이 떠나려 하자 곧 열어 본다고 하지 않느냐. 좀 보면 어떠하냐?"

"그 양반 몰골은 흉악한데 문자 속은 기특하오. 얼른 보고 주시오."

"버르장머리 없는 녀석이로군."

편지를 받아 열어 보니 사연에 이르기를,

한번 이별한 후에 소식이 막혔으니 도련님께서는 부모 모시고 잘 지내고 계시온지요. 멀리서 간절히 그리워할 뿐이옵니다.

천첩 춘향은 날벼락 같은 곤장을 맞고 감옥에 갇혀 목숨이 다 되어 가옵니다. 죽기에 이르러 혼이 황릉의 아황, 여영 묘에 날아가고 귀신이 드나드는 문 앞까지 왔다 갔다 하옵니다. 그러나 제가 비록 만 번 죽는다 해도 열녀로서 두 지아비를 섬기진 않을 것입니다. 이제 첩의 생사와 노모의 신세가 어찌 될지 모르오니 서방님 깊이 헤아려 주시옵소서.

하고는 편지 끝에 덧붙이기를,

지난해 어느 때 우리 임을 이별했나.
어제는 겨울 눈 내리더니 오늘은 가을 한기 일어나네.
깊은 밤 광풍 불고 눈비가 흩뿌려지니
어쩌다 남원 옥중에서 한 줌 흙이 되려 하나.

혈서로 쓰였는데 모래사장에 기러기 내려앉듯 한 글씨가 그저 툭툭 찍힌 것이 모두 다 '애고'로구나. 편지를 보던 어사의 두 눈에 자기도 모르게 눈물이 맺혀 방울방울 떨어지니 저 아이 하는 말이,

"남의 편지 보고 왜 우시오?"

"어따, 애야. 남의 편지라도 서러운 사연을 보니 자연히 눈물이 나는구나."

"여보시오. 인정 있는 체하면서 남의 편지 눈물 묻어 찢어졌소. 그 편지 한 장 값이 열닷 냥이니 편지값 물어내시오."

"여봐라. 이 도령이 나와 죽마고우로서 먼 지방에 볼일이 있어 나와 함께 내려오다가 전라 감영에 들르면서 내일 남원에서 만나자고 언약하였다. 나를 따라 가 있다가 그 양반을 뵈어라."

그 아이가 정색하며,

"서울을 저 건너로 아시오?"

하고 달려들어,

"편지 내놓으시오."

서로 버티면서 옷자락을 잡아당기며 실랑이를 하다가 보니 명주로 된 전대를 허리에 둘렀는데 제사 접시 같은 것이 들었구나. 아이가 놀라 물러나며 말하기를,

"이것 어디서 났소? 찬바람이 나오."

"이놈! 만약 어디 가서 천기를 누설했다가는 목숨을 보전하지 못할 것이다."

당부하고 남원으로 들어오는구나.

서러운 재회

남원 박석고개에 올라서서 사면을 둘러보니 산도 예전에 보던 산이요, 물도 예전에 보던 물이라. 남문 밖으로 썩 달려나와,

"광한루야, 잘 있더냐? 오작교야, 무사하냐?"

객사에 푸릇푸릇 버들빛 새로운 이곳은 나귀 매고 놀던 곳이요, 푸른 구름 맑은 시내 흐르는 물은 내 발을 씻던 청계수라. 푸른 나무 우거진 넓은 길은 왕래하던 옛길이요, 오작교 다리 밑에 빨래하는 여인들은 계집아이들과 섞여 앉아 저희끼리 말한다.

"야야."

"왜야?"

"애고애고 불쌍터라.

춘향이가 불쌍터라.

모질더라 모질더라.

우리 골 사또가 모질더라.
절개 높은 춘향이를
위력으로 겁탈하려 한들
철석같은 춘향 마음
죽는 것을 헤아릴까.
무정터라 무정터라,
이 도령이 무정터라."

서로 보며 추적추적 빨래하는 모양은 영양공주, 난양공주, 진채봉, 계섬월, 백능파, 적경홍, 심요연, 가춘운* 과도 같다마는 양소유가 없으니 누굴 찾아 앉았는가.

어사또 누각에 올라 자세히 살펴보니 저녁 햇빛이 서쪽으로 지고 새들은 잠을 자러 숲으로 돌아가는데, 저 건너 보이는 버드나무는 우리 춘향 그네 매고 오락가락 놀던 모습 어제 본 듯 반갑구나. 동편을 바라보니 깊숙이 우거진 숲속에 춘향 집이 저기로다. 저 안의 동산은 예전 보던 모습인데 우리 춘향은 감옥 속에 갇혔으니 불쌍하고 가련하다.

해가 서산에 지는 저녁 시간에 춘향의 집 문 앞에 당도하니, 행

* 영양공주, 난양공주 ~ 심요연, 가춘운 고전소설 《구운몽》에서 '성진'이 벌을 받아 인간 세상에서 '양소유'로 환생했을 때 함께 벌 받고 인간으로 태어난 여덟 선녀. 양소유와 차례로 만나 이처 육첩의 인연을 맺는 인물들이다.

랑은 무너지고 집의 몸채는 낡아 있다. 예전 보던 벽오동나무만 우뚝 서서 바람을 못 이기고 추레하게 서 있도다. 담장 밑에 백두루미는 함부로 다니다가 개한테 물렸는지 깃은 빠지고 다리를 절뚝하고는 낄룩 뚜루룩 울음 울고, 대문 앞 누렁개는 기운 없이 졸다가 구면인 손님도 몰라보고 컹컹 짖으며 쫓아오는구나.

"요 개야, 짖지 마라. 주인 같은 손님이다. 너의 주인 어디 가고 네가 나와 반기느냐."

중문을 바라보니 내 손으로 쓴 글자 충성 충忠 자가 뚜렷한데 가운데 중中 자는 어디 가고 마음 심心 자만 남아 있고, 누운 용 모양의 '입춘대길立春大吉' 글씨는 동남풍에 펄렁펄렁 날리며 수심을 자아내는구나.

그럭저럭 들어가니 안채가 적막한데 춘향 모 거동 보소. 미음솥에 불 지피며,

"애고애고, 내 일이야. 모질도다, 모질도다. 이 서방이 모질도다. 내 딸 목숨 위태한데 아주 잊어 소식 없네. 애고애고, 서러운지고. 향단아, 이리 와서 불 넣어라."

하고는 나오더니 울타리 안 개울물에 흰머리 감아 빗고 정화수 한 동이를 단 아래 받쳐 놓고는 엎드려 축원한다.

"천지지신 일월성신은
한마음이 되소서.

무남독녀 춘향이를

금쪽같이 길러 내어

외손봉사* 바라더니

무죄한 매를 맞고

옥중에 갇혔으니

살릴 길이 없습니다.

천지지신은 감동하사

한양성 이몽룡을

벼슬에 높이 올려

내 딸 춘향 살려 주게 하소서."

빌기를 다한 후에,

"향단아, 담배 한 대 붙여 다오."

춘향 모 받아 물고 후유 한숨 눈물짓는데 이때 어사 춘향 모의 정성 보고,

"내가 벼슬한 게 조상의 음덕으로 알았더니 우리 장모 덕이었도다."

하고는,

"그 안에 뉘 있나?"

* 외손봉사 아들이나 손자가 없어 외손자가 대신 제사를 받드는 것

"뉘시오?"

"나일세."

"나라니, 뉘신가?"

어사 들어가며,

"이 서방일세."

"이 서방이라니. 옳지, 이풍헌 아들 이 서방인가?"

"허허, 장모 망령이로세. 나를 모르는가, 나를?"

"자네가 누구여?"

"사위는 백년손님이라고 했는데 어찌 나를 모르는가?"

춘향 모 반가워하며,

"애고애고, 이게 웬일인고? 어디 갔다 이제 와? 바람 세차게 불더니 바람결에 타고 왔나. 구름이 봉우리같이 솟더니 구름 속에 싸여 왔나. 춘향의 소식 듣고 살리려고 와 계신가? 어서어서 들어가세."

손을 잡고 들어가서 촛불 앞에 앉혀 놓고 자세히 살펴보니 걸인 중에서도 상걸인이 되었구나. 춘향 모 기가 막혀,

"이게 웬일이오?"

"양반이 잘못되니 형언할 수가 없네. 그때 올라가서 벼슬길 끊어지고 집안 재산은 탕진하여 부친께서는 훈장질하러 가시고 모친은 친가로 가시고 다 각기 갈리어서 나는 춘향에게 내려와서 돈이나 좀 얻어 갈까 하였더니 양가 꼴이 말이 아닐세."

춘향 모 이 말 듣고 기가 막혀,

"이 무정한 사람아, 일차 이별 후로 소식이 없었으니 그런 인사가 어디 있나. 혹시나 바랐더니 이렇게나 잘되었소? 쏘아 놓은 화살 되고 엎질러진 물이 되어 누구를 탓하고 누구를 원망할까만은 내 딸 춘향 어쩔라오?"

하고는 홧김에 달려들어 코를 물어뜯으려 한다.

"내 탓이지, 코 탓인가? 장모가 나를 몰라보네. 하늘이 무심해도 풍운의 조화와 천둥벼락의 기운이 있으니."

춘향 모 기가 차서,

"양반이 잘못되니 능청까지 생겼구나."

어사가 일부러 춘향 모가 하는 행동을 보려고,

"시장하여 나 죽겠네. 밥 한 술 주소."

춘향 모 밥 달라는 말을 듣고,

"밥 없네."

하는데 어찌 밥이 없을까만은 홧김에 하는 말이었다. 이때 향단이 옥에 갔다 오더니 저의 아씨 야단하는 소리에 가슴이 두근두근 정신이 월렁월렁, 정신없이 들어가서 가만히 살펴보니 전에 서방님이 오셨구나. 어찌나 반갑던지 우루루 들어가서,

"향단이 문안이오. 대감님 문안이 어떠하옵시며 대부인께서는 강건하옵시며 서방님께서도 먼 길에 편안히 행차하셨사옵니까?"

"오냐, 고생이 어떠하냐?"

"소녀 몸은 무탈하옵니다. 아씨 아씨 큰아씨. 마오 마오, 그리 마오. 멀고 먼 천 리 길에 누굴 보려고 와 계신데 이런 괄시가 웬일이오? 춘향 애기씨가 아시면 야단이 날 것이니 너무 괄시하지 마옵소서."

부엌으로 들어가더니 먹던 밥에 풋고추, 겉절이 김치에 양념 넣고 단간장에 냉수 가득 떠서 소반에 받쳐 드린다.

"더운 진지 할 동안에 시장하신데 우선 요기만 하옵소서."

어사또 반겨 하며,

"밥아, 너 본 지 오래로구나."

여러 가지를 한데다가 붓더니 숟가락 댈 것도 없이 손으로 뒤져서 한편으로 몰아치더니 마파람에 게 눈 감추듯 하는구나. 춘향 모 하는 말이,

"얼씨구, 밥 빌어먹기는 아주 이력이 났구나."

이때 향단이는 저의 애기씨 신세를 생각해 크게 울지는 못하고 흐느껴 울면서 하는 말이,

"어찌할거나, 어찌할거나. 도덕 높은 우리 애기씨를 어찌하여 살리시려오? 어쩔까나요, 어쩔까나요."

향단이 실성해서 우는 모습을 어사또 보시더니 기가 막혀,

"여봐라, 향단아. 울지 마라, 울지 마라. 너의 아가씨가 설마 살지 죽을쏘냐? 행실이 지극하면 사는 날이 있느니라."

춘향 모 듣더니,

"애고, 양반이라고 오기는 있어서. 대체 자네는 왜 이 모양인가?"

향단이 하는 말이,

"우리 큰아씨 하는 말을 조금도 괘념치 마옵소서. 나이 많아 노망한 가운데 이런 일까지 당하셔서 홧김에 하는 말이시니 마음에 둘 일 있으리까? 더운 진지 잡수시오."

어사또 밥상 받고 생각하니 분한 마음이 치밀어 올라 마음이 울적, 오장이 울렁울렁, 저녁밥 입맛을 잃는다.

"향단아, 상 물려라."

담뱃대 툭툭 털며,

"여보소 장모, 춘향이나 좀 보아야지."

"그러지요. 서방님이 춘향을 아니 보아서야 인정이라 하오리까?"

향단이 여쭈오되,

"지금은 문을 닫았으니 자정에 종이라도 치거든 가사이다."

이때 마침 종을 뎅, 뎅 치는구나. 향단이는 미음상 이고 등롱 들고 어사또는 뒤를 따라 옥문에 도착하니 인적은 고요하고 옥 지키는 군졸도 간 곳 없구나.

이때 춘향이 비몽사몽 꿈속에 서방님을 만났는데 머리에는 금관을 쓰고 몸에는 붉은 도포를 입었으니 그리웠던 마음에 목을 끌어안고 온갖 회포를 풀어 놓으려는 차에,

"춘향아."

불렀으나 대답이 있겠느냐.

어사또 말하기를,

"크게 한번 불러 보소."

"모르는 말씀이오. 여기서 동헌이 마주 있는데 소리가 크게 나면 사또가 무슨 일인지 캐물을 것이니 잠깐 기다리소서."

"뭐 어때. 캐물으라 해라. 내가 불러 볼 테니 가만있소. 춘향아!"

어사또 부르는 소리에 춘향이 깜짝 놀라 일어나며,

"아니, 이 목소리는 잠결인가 꿈결인가? 그 목소리 이상하다."

어사또 기가 막혀,

"내가 왔다고 말을 하소."

"왔다는 말을 하면 기절하여 정신을 놓을 테니 가만히 계시옵소서."

춘향이 저의 모친 음성을 듣고 깜짝 놀라,

"어머니, 어찌 오셨소? 몹쓸 딸자식 생각하여 급하게 다니시다 낙상하기 쉽소. 이후에는 오시지 마옵소서."

"내 염려는 말고 정신을 차려라. 왔다."

"오다니 누가 와요?"

"그저 왔다."

"갑갑하여 나 죽겠소. 알려 주시오. 꿈속에서 임을 만나 온갖 그리움 전하고 있었는데 혹시 서방님께서 기별 왔소? 언제 오신다고 소식 왔소? 벼슬 띠고 내려온다는 공문 왔소? 애고, 답답하여라."

"너의 서방인지 남방인지 걸인 하나 내려왔다."

"아니, 이게 웬 말인가? 서방님이 오시다니 꿈속에 보던 임을 살아서 본단 말이오?"

문틈으로 손을 잡고 말 못하고 놀라며,

"애고, 이게 누구시오? 아마도 꿈이로다. 그립지만 볼 수 없던 우리 임을 이리 쉽게 만날쏜가. 이제 죽어도 한이 없네. 어찌 그리 무정하오. 복도 없다, 우리 모녀. 서방님 이별 후에 자나 누우나 임 그리워 일구월심日久月深* 한이었으나 내 신세 이리 되어 매에 감겨 죽게 되니 나를 살리려 와 계시오?"

한참 이리 반기다가 문득 임의 형상 자세히 보니 어찌 아니 한심하랴.

"여보 서방님, 내 몸 하나 죽는 것은 설운 마음 없소만은 서방님이 지경이 웬일이오?"

"오냐, 춘향아. 서러워 마라. 사람 목숨이 하늘에 달려 있는데 설마 하니 죽겠느냐."

춘향이 저의 모친 불러 말한다.

"한양성 서방님을 칠 년 가뭄에 목마른 백성이 큰비 오기 기다렸다 한들 나와 같이 기운이 빠지겠나. 심은 나무 꺾어지고 공든

* 일구월심 세월이 흐를수록 더하다는 뜻

탑이 무너졌네. 가련하다, 이내 신세. 할 수 없이 되었구나.

어머니, 나 죽은 후에 소원이나 없게 하여 주옵소서. 나 입던 비단 장옷 봉황 장롱에 들었으니 그 옷 팔아다가 한산 세모시 바꾸어서 물색 곱게 도포 짓고, 흰 비단 긴 치마도 되는 대로 팔아다가 갓, 망건과 신발 사 드리오. 고급 병, 은비녀, 밀화장도, 옥반지가 상자 속에 들었으니 그것도 팔아다가 한삼과 고의 초라하지 않게 하여 주오. 곧 죽을 년이 세간 두어 무엇 하겠소. 용 장롱, 봉황 장롱 빼닫이를 되는 대로 팔아다가 맛난 반찬 진지 대접하오. 나 죽은 후에라도 나 없다고 하지 마시고 나 본 듯이 섬기소서.

서방님, 내 말씀 들으시오. 내일이 본관 사또 생신이라. 술에 취해 주정이 나면 나를 올려 칠 것이오. 곤장 맞은 다리 장독이 났으니 팔다리를 제대로 움직이기나 하겠소. 구름같이 흐트러진 머리 이럭저럭 걷어 얹고 이리 비틀 저리 비틀 들어가서 곤장 맞고 죽거들랑 삯군인 척하고 달려들어 둘러업고 우리 둘이 처음 만나 놀던 부용당 적막하고 고요한 데 뉘어 놓고 서방님 손수 염습해 주시오.

나의 혼백 위로하여 입은 옷 벗기지 말고 양지바른 데 묻었다가 서방님 귀하게 되어 높은 벼슬 오르거든 일시도 지체 말고 고운 베로 다시 염습하여 조촐한 상여 위에 덩그렇게 실은 후에 북망산천 찾아갈 때 앞뒤 남산 다 버리고 한양으로 올려다가 선산발치에 묻고는 비문에 새기기를, '수절하다 원통하게 죽은 춘향의 묘'라고 글귀 새겨 주오.

망부석이 아니 될까. 서산에 지는 해는 내일 다시 오련만은 불쌍한 춘향이는 한번 가면 언제 다시 올까나. 한이나 풀어 주오. 애고애고, 내 신세야. 불쌍한 내 어머니 나를 잃고 가산 탕진하면 할 수 없이 걸인 되어 이 집 저 집 걸식하다 언덕 밑에 조속조속 졸면서 자진하여 죽거드면 지리산 갈가마귀 두 날개를 떡 벌리고 둥덩실 날아들어 까옥까옥 두 눈을 다 파먹은들 어느 자식 있어 '후여' 하고 날려 줄까."

애고애고 섧게 울 때 어사또 말하기를,

"울지 마라. 하늘이 무너져도 솟아날 구멍이 있느니라. 네가 나를 어찌 알고 이렇게 서러워하느냐."

작별하고는 집으로 돌아왔지.

춘향이는 어두침침한 야삼경에 서방님을 번개처럼 얼른 보고 감옥에 홀로 앉아 탄식하는 말이,

"밝은 하늘께서 사람을 낼 때에는 치우침이 없건만은 나의 신세 무슨 죄로 이팔청춘에 임 보내고 모진 목숨 살아 이 형벌, 이 곤장 무슨 일인가. 옥중 고생 서너 달에 밤낮없이 임 오기만 바랐더니 이제는 임의 얼굴 보았으나 희망이 없게 되었네. 죽어서 황천에 돌아간들 옥황 전에 무슨 말을 자랑하리. 애고애고."

서럽게 울면서 기운이 다하니 반쯤 죽어 가는구나.

암행어사 출도야!

어사또 춘향 집에 나와서 그날 밤을 새려 하고 문안과 문밖을 다 살펴보는데 아전 근무하는 데 가 보니 이방이 하인 불러 말하기를,

"여보소, 들으니 어사또가 서대문 밖 이 씨라고 하던데 아까 삼경에 등롱에 불 켜고 춘향 모 앞세우고 다 떨어진 옷에 갓 쓴 손님이 아마도 수상하니 내일 본관 잔치 때 잘 구별하여 탈 없이 지나가도록 충분히 조심하시오."

어사 그 말 듣고,

"그놈들 알기는 아는데."

하고는, 또 장청에 가 들으니 행수 군관 거동 보소.

"여러 군관님네, 아까 감옥 앞에 왔다 갔다 하는 걸인이 실로 괴이한데 아마도 분명 어사인 듯하니 용모 그린 것 내놓고 자세히 보시오."

어사또 듣고,

"그놈들 모두 귀신같이 아는구나."

하고는 창고에 가서 들으니 호장 역시 그러한다. 육방 탐문을 다한 후에 춘향 집 돌아와서 그 밤을 샌 연후에 이튿날 조회 끝나자마자 근처의 수령들이 모여든다. 운봉 영장, 구례, 곡성, 순창, 옥과, 진안, 장수 원님이 차례로 모여든다. 좌편에 행수 군관, 우편에 청령 사령, 한가운데 본관은 주인이 되어 하인 불러 분부하되,

"관청 아전 불러 다과를 올려라. 음식 맡은 아전 불러 큰 소 잡고, 예방 불러 악공을 대령하고, 하인 불러 천막을 대령하라. 사령 불러 잡인 출입하지 못하게 금하라."

이렇듯 요란할 제 온갖 깃발 휘날리고 삼현육각 풍악 소리 허공에 떠 있으며 녹의홍상綠衣紅裳 기생들은 흰 손에 비단 소매 높이 들어 춤을 추며 '지화자 둥덩실' 하는 소리 어사또 마음이 심란하구나.

"여봐라, 사령들아. 너의 원님 전에 여쭈어라. 먼 데 있는 걸인이 좋은 잔치 만났으니 술과 안주 좀 얻어먹자 여쭈어라."

저 사령 거동 보소.

"어느 양반이든 간에 우리 사또님은 걸인 섞이는 것 금지했으니 그런 말은 하지도 마시오."

등 밀쳐 내니 어찌 아니 명관인가. 운봉 영장이 그 거동을 보고 본관에게 청해 말하기를,

"저 걸인이 의관은 남루하나 양반의 후예인 듯하니 말석에 앉히고 술이나 한 잔 먹여 보냄이 어떻겠소?"

본관 하는 말이,

"운봉 소견대로 하오만은."

하니, '만은' 소리를 하면서도 끝말의 입맛이 사납겠다. 어사또가 속으로,

'오냐, 도적질은 내가 하마. 묶이는 밧줄은 네가 다 져라.'

운봉이 분부해서,

"저 양반 들어오시게 하여라."

어사또 들어가 단정히 앉아 좌우를 살펴보니 당상의 모든 수령이 다과상을 앞에 놓고 진양조 가락이 높아 가는데 어사또 상을 보니 어찌 아니 통분하랴. 모 떨어진 개상판에 닥나무 젓가락, 콩나물, 깍두기, 막걸리 한 사발 놓았구나. 상을 발길로 탁 차 던지며 운봉의 갈비를 덥석 집어 올리며,

"갈비 한 대 먹고 싶구나."

"다라도 잡수시오."

하고는 운봉이 하는 말이,

"이러한 잔치에 풍류로만 놀아서는 맛이 적으니 시를 한 수씩 지어 보면 어떻겠소."

"그 말이 옳다."

하니, 운봉이 운을 내는데 높을 고高 자, 기름 고膏 자를 내어 놓

고 차례로 운을 달 제, 어사또 하는 말이,

"걸인 같은 나도 어려서 한시는 좀 읽었소. 좋은 잔치를 만나 술과 안주 포식하고 그저 갈 수 있겠소. 시 한 수 짓겠소이다."

운봉이 반겨 듣고 붓과 벼루를 내어 주니, 좌중의 다른 수령들이 다 짓기도 전에 글 두 귀를 지었구나. 백성들을 생각하고 본관 사또의 행실을 생각해서 지은 것이겠다.

금준미주金樽美酒는 천인혈千人血이요
옥반가효玉盤佳肴는 만성고萬姓膏라
촉루낙시燭淚落時에 민루낙民淚落이요
가성고처歌聲高處는 원성고怨聲高라

이 글의 뜻은 이러한 것이었다.

금동이에 담긴 좋은 술은 백성들의 피요
옥쟁반 좋은 안주는 백성들의 기름이라
촛불 눈물 떨어질 때 백성들 눈물 떨어지고
노랫소리 높은 곳에 원망 소리 높구나

이렇게 지었는데 본관은 그 뜻을 눈치 못 채고 운봉은 글을 보고 속으로 생각한다.

'아뿔싸, 일이 났다.'

어사또 하직하고 간 뒤 운봉이 공방, 형방 불러 분부하기를,

"야야, 일이 났다."

공방 불러 돗자리 단속, 병방 불러 역마 단속, 관청 하인 불러 다과상 단속, 옥형방 불러 죄인 단속, 집사 불러 형벌 기구 단속, 형방 불러 문서 단속, 사령 불러 숙직 단속.

한참 이리 요란한데 사정 모르는 본관 사또는,

"여보, 운봉은 어디를 다니시오?"

"소변 보고 들어가오."

본관이 분부하되,

"춘향을 급히 올려라."

술 취한 주정이 나는구나.

이때 어사또 부하들을 불러 서리 보고 눈짓을 보내니 서리, 중방의 거동 보소. 역졸 불러 단속하는데, 이리 가며 수군, 저리 가며 수군수군.

서리, 역졸의 거동 보소. 좋은 망건에 공단으로 만든 갓, 새 패랭이 눌러쓰고, 석 자나 발을 감은 새 짚신에 한삼 고의 산뜻하게 입고, 육모 방망이를 사슴 가죽 끈에 달아 손목에 걸어 쥐고, 여기서 번뜻, 저기서 번뜻.

남원읍이 우글우글하더니 청파 역졸 거동 보소. 달 같은 마패를 햇빛같이 번뜻 들어,

"암행어사 출도야!"

외치는 소리에 강산이 무너지고 천지가 뒤로 눕는 듯. 초목금수라도 떨지 않겠느냐.

남문에서,

"출도야!"

북문에서,

"출도야!"

동서문 출도 소리 하늘에 진동하고,

"공형 들어오라."

외치는 소리에 육방이 다 넋을 잃어

"공형이오."

등나무 채찍으로 휘닥딱.

"애고, 죽는다."

"공방, 공방."

공방이 자리 들고 들어오며,

"안 하겠다던 공방을 하라더니 저 불속에 어찌 들리?"

등나무 채찍으로 휘닥딱,

"애고, 머리 터졌네."

좌수와 별감이 넋을 잃고, 이방, 호방이 혼을 잃고, 삼색나졸들이 분주하구나.

모든 수령 도망할 때의 거동 보소. 도장 들어 있는 궤짝 잃고 한과 들고, 병사 출정부 잃고 송편 들고, 탕건 잃고 용수 쓰고, 갓 잃고 쟁반 쓰는구나. 칼집 쥐고 오줌 누기. 부서지는 건 거문고요, 깨지는 건 북 장고라.

본관이 똥을 싸고 멍석 구멍 속에 생쥐가 눈 뜨듯 휘둥그레져서 관아 안채로 들어가서 말한다.

"어, 추워라. 문 들어온다, 바람 닫아라. 물 마른다, 목 들여라."

관청 하인은 상을 잃고 문짝 이고 도망치는데 서리, 역졸 달려들어 후닥딱.

"애고, 나 죽네."

이때 수의사또 분부하되,

"이 고을은 대감이 좌정하시던 고을이라. 시끄러운 소리를 금하고 객사로 옮겨라."

좌정하신 후에,

"본관은 봉고파직*하라."

분부하니,

"본관은 봉고파직이오."

* 봉고파직 어사나 감사가 못된 짓을 많이 한 고을의 지방관을 파면하고 관가의 창고를 잠그는 일

백년고락을 함께하다

사대문에 방을 붙이고 감옥 형리를 불러 분부하되,

"네 고을 옥에 갇힌 죄수들을 다 올려라."

호령하니, 죄인을 올리거늘 다 각각 죄를 물은 연후에 무죄한 자들을 풀어 주는구나.

"저 계집은 무엇이냐?"

형리 여쭈오되,

"기생 월매의 딸이온데 관장에게 포악한 죄로 옥중에 있사옵니다."

"무슨 죄인고?"

형리가 아뢰기를,

"본관 사또가 수청을 들라고 불렀는데 수절을 하겠다며 수청 들지 않고 관장에게 악을 쓴 춘향이로소이다."

어사또 분부하기를,

"너만 한 년이 수절한다고 관장에게 포악하였다니 살기를 바라겠느냐. 죽어 마땅하지만, 내 수청도 거역할까?"

춘향이 기가 막혀 말한다.

"내려오는 관장마다 하나하나 다 명관이로구나. 수의사또 들으시오. 층암절벽 높은 바위가 바람 분다 무너지고, 청송녹죽 푸른 나무가 눈 온다고 변하리까? 잘못된 분부 마옵시고 어서 바삐 죽여 주시오."

하며,

"향단아, 서방님 어디 계신가 보아라. 어젯밤에 감옥 문간에 와 계실 때 천만당부하였더니 어디를 가셨는고. 나 죽는 줄 모르시는가."

어사또 분부하되,

"얼굴 들어 나를 보라."

춘향이 고개 들어 살펴보니 거지로 내려왔던 낭군이 어사또로 뚜렷이 앉았구나. 반 웃음, 반 울음에,

"얼씨구나 좋을씨고 어사 낭군 좋을씨고.
남원 읍내 가을 들어 떨어지게 되었더니,
객사에 봄이 들어 이화춘풍이 날 살린다.
꿈이냐 생시냐 꿈을 깰까 염려로다."

한참 이리 즐길 적에 춘향 모 들어와서 한없이 기뻐하는 말을 어찌 다 말하리오. 춘향의 높은 절개 광채 나게 되었으니 어찌 아니 좋겠는가.

어사또 남원에서 할 일을 다 한 후에 춘향 모녀와 향단이를 서울로 데려가니 위엄 있는 모습이 찬란하다. 세상 사람들이 누가 아니 칭찬하랴.

이때 춘향이 남원을 떠나가니 귀하게 되었지만 고향을 이별하니 한편 기쁘고 한편 슬프지 않겠는가.

"놀고 자던 부용당아, 너 부디 잘 있거라.
광한루 오작교며 영주각도 잘 있거라.
봄 수풀은 해마다 푸르지만
떠난 손님은 가도 돌아오지 않는다고 했으니
나를 두고 한 말이로다."

다 각기 이별하려는데,
"만 세까지 장수하소서."
"다시 만날 일 기약 없네."

이때 어사또는 좌도와 우도의 읍들을 순찰하며 백성들을 살핀 후에 서울로 올라가 임금 앞에 절하니 육조의 판서와 참판과 참의

가 들어와 문서를 살펴본다. 임금께서 크게 칭찬하시고 즉시 이조참의 대사성의 벼슬을 내리시고 춘향을 정렬부인貞烈夫人*으로 명하시니 성은에 감사하며 절을 올리고 물러 나온다. 부모님을 찾아 뵙고 인사를 드리니 임금님의 은혜에 깊이 감사하시더라.

이때 이조판서, 호조판서, 좌의정, 우의정, 영의정 다 지내고 벼슬을 내려놓은 후 정렬부인과 백년고락을 함께하는구나. 정렬부인에게 삼남 이녀를 두었으니 모두가 총명하고 그 부친을 능가하니 대대로 이어 일품 관직을 하면서 길이 전하더라.

* 정렬부인 조선 시대에 정조와 지조를 굳게 지킨 부인에게 내리던 칭호

경판 30장본

춘향전

이 도령, 광한루 봄 경치에 흠뻑 젖다

우리 조정의 인조대왕 때 전라도 남원 부사인 이등의 자제 이 도령은 나이가 열여섯이라. 얼굴은 관옥 같고 풍채는 두목지 같으며 문장은 이백과 같은지라. 책방에서 학업에 힘쓰는데 때는 꽃 피는 봄, 좋은 계절이 돌아왔구나. 풀과 나무, 모든 살아 있는 것들이 절로 즐거워하며, 너구리는 늦손자를 보고 두꺼비는 새끼를 칠 때라. 이 도령이 봄기운을 못 이겨 꽃구경을 하려고 방자를 불러 분부한다.

"네 고을에 구경할 만한 곳으로 어디 어디가 좋으냐?"

방자가 여쭈되,

"평양 부벽루, 해주 매월당, 진주 촉석루, 강릉 경포대, 양양 낙산사, 고성 삼일포, 통천 총석정, 삼척 죽서루, 평해 월송정, 울진 망양정, 간성 청간정이 좋다고 하옵니다만, 월등히 뛰어난 경치는 남원 광한루를 따라올 데가 없다 하옵지요. 온 나라에 유명하여 작은 강남이라고 하옵니다."

이 도령 말하기를,

"네 말이 맞다면 강산에서 제일이겠구나. 그러면 광한루에 행차할 테니 준비 대령하라."

하고는 방자 놈을 앞세우고 탄탄대로에 나서는구나. 그 걷는 모습이 마음 심心 자, 갈 지之 자로 버들에 불어오는 봄바람처럼, 날렵하고 맵시 있는 새 걸음처럼, 가뿐하게 걸어간다. 광한루에 다다르자 뒷짐 지고 둘러보더니, 방자 불러 말한다.

"악양루, 봉황대 풍광과 황학루, 고소대 경치가 이보다 낫겠느냐?"

방자 놈이 속여 여쭙기를,

"경치가 이렇게 좋으니 날씨가 청명하거나 안개 자욱하거나 간에 가끔 신선들도 놀러 나온다 하옵니다."

이 도령 말하기를,

"그래, 그럴 만하구나."

춘향의 그네뛰기

이때 마침 오월 오일 단옷날이라. 남원읍 기생 춘향이 그네를 타러 옷을 차려 입고 단장을 한다. 아리땁고 뽀얀 얼굴에 여덟 팔八 자 눈썹, 봄빛같이 환한 분단장을 하고는 붉은 입술에 흰 치아가 어여쁘니, 복사꽃이 간밤에 찬 이슬 맞고 반만 핀 모습이구나. 검은 구름처럼 흩어진 머릿결을 반달 같은 와룡빗으로 술술 흘려 빗어서는 느슨하게 땋아 늘어뜨리고는 자줏빛 비단으로 폭 넓은 댕기를 맵시 있게 묶었도다.

옷차림을 보아하니 흰 모시에 날개같이 얇은 적삼, 보랏빛 비단 속저고리, 물명주 흰 비단 속바지, 은은한 비단 겉마기, 봉황 무늬 남색 비단 치마를 떨쳐입었다. 차림새를 보아하니 비단 주머니에 삼색 실로 수놓은 버선, 자줏빛 비단신을 날 출出 자로 제법 신고, 앞에는 무늬 없이 수수한 큰 비녀, 뒤에는 봉황 새긴 금비녀, 손에는 옥가락지, 귀에는 달 모양 귀고리를 했구나. 노리개는 더욱 좋으니 좋은 향내 달아 놓고, 산호수와 호박으로 가지 모양 장식하고, 금실 달린 옥장도를 오색 비단실로 끈을 해서 흐드러지게 찼도다.

춘향이 푸른 숲 우거진 속에 기엄둥실 올라가면서 꽃도 주루룩 훑어다가 맑고 맑은 계곡물에 띄워 보고, 두 손으로 시냇물 조약돌을 덥석 쥐어다가 버들가지 사이로 훌쩍 던져 꾀꼬리를 날려 보내기도 하니, 이 또한 경치로구나. 가면서 더욱 흥에 겨워 점점 깊이 들어가더니 길게 맨 그넷줄을 섬섬옥수로 갈라 잡고 몸을 날려 올라선다. 그네를 한 번 구르니 앞쪽이 높고 두 번 구르니 뒤쪽이 높구나. 점점 더 올라가서는 공중에 솟구쳐 흰 버선 신은 발길로 흐드러진 복사꽃 가지를 툭툭 차니 분분히 날리는 것은 꽃잎이로다. 뒤에 꽂은 금비녀가 바위에 떨어져 쟁그랑 쟁그랑 하니 이 또한 아름다운 경치구나.

한참 이리 노닐 적에 이 도령이 거닐면서 산천도 구경하고 잊은 글귀도 생각하다가 푸른 경치 속에 한 미인이 그네 타는 모습을 보고는 정신이 아득하고 황홀해 급히 방자를 불러 말하기를,

"저것이 무엇이냐?"

방자 여쭈되,

"어디 무엇이 보이시나이까?"

이 도령 말하기를,

"어따, 저기 보이는 것이 무엇이냐? 아마도 선녀가 하강을 했나

보다.”

그제야 방자 놈이 여쭙기를,

“봉래산, 방장산, 영주산 아니온데 선녀가 어찌 이곳에 있사오리까?”

이 도령 말이,

“그러면 저것이 무엇이냐? 금이냐?”

방자 하는 말이,

“금은 여수에서 난다 하였는데 여수도 아니거늘 어찌 금이 나리이까?”

“그러면 옥이냐?”

“옥은 곤강에서 난다 하였는데 곤강도 아니거늘 어찌 옥이 나리이까?”

“그러면 무엇이냐? 해당화냐?”

“명사십리 아니온데 해당화가 어찌 이곳에 있사오리까?”

“그러면 귀신이냐?”

“북망산이 아니온데 귀신이 어찌 이곳에 있사오리까?”

이 도령이 역정을 낸다.

“그러면 저것이 무엇이냐?”

방자 놈이 그제야 여쭈기를,

“다른 것이 아니오라 본읍 기생 월매 딸 춘향이로소이다.”

이 도령 말하기를,

"얼싸 좋구나. 원래 기생이라면 한번 못 만나겠느냐. 방자야, 네가 가서 불러오너라."

방자 놈이 참나무 가지를 하나 찾아내서는 윗동은 찍어 내고 아랫동은 잘라 내서 거꾸로 짚고 이리저리 우당탕 통탕 달려가서는 눈 위에 손을 짚고 크게 부른다.

"춘향아, 춘향아!"

춘향이 깜짝 놀라 그네에서 뛰어내려 묻기를,

"누가 나를 부르느냐?"

방자가 말하기를,

"큰일 났다. 어서 가자, 바삐 가자."

재촉하니 춘향이 말하기를,

"이 몹쓸 녀석아, 사람을 왜 이렇게 놀라게 하느냐. 춘향이니 사향이니 계향이니 강진향이니 침향이니 하면서 네가 쓸데없는 말을 했나 보구나. 내가 언제 도련님께 내 얘기를 해 달라고 한 적 있느냐?"

방자 놈 말하기를,

"그네를 타려거든 은근한 곳에서 안 보이게 탈 것이지 광한루 가까운 이러한 탁 트인 곳에서 꼭 타야겠느냐. 사또 자제 도련님이 산천경개 구경하러 광한루에 올랐다가 그네 타는 네 거동을 보시고는 불러오라는 분부 내리셨으니 아니 가진 못하리라. 네가 만일 간다면 우리 도련님이 꽤나 한량이시니, 네 향기로운 말로 초 친나물처럼 힘을 다 빼놓고 네 비단 속옷을 슬쩍 빼내 돌돌 말아서 도련님 왼쪽 볼기짝에 갖다 붙인다면 남원 것이 다 네 것이 될 것이니 그 아니 좋을쏘냐."

춘향과 이 도령의 첫 만남

춘향이 할 수 없이 삼단같이 흐트러진 머리 다시 가다듬고 남색 봉황 비단 치마를 섬섬옥수로 거두어 맵시 있게 비껴 안고는 방자놈을 따라간다. 큰길 옆에 난 작은 길로 흰 모래밭 금자라가 기어가듯, 대명전 대들보 위에 내려앉은 새 같은 걸음으로 사뿐사뿐 걸어 계단 아래 이른지라. 이 도령 눈이 잔뜩 춘향에게 쏠리더니 정신이 아득해져 두 다리에 힘을 잔뜩 주고 서서는,

"방자야, 그렇게 아래에 서 있게 해서야 되겠느냐. 어서 광한루에 오르게 하라."

하는구나.

춘향이 마지못해 당상에 올라 예를 갖추어 앉으니 이 도령 묻는 말이,

"네 나이는 몇이고 이름은 무엇이냐?"

춘향이 아리따운 목소리로 대답하기를,

"소녀의 나이는 이팔이요, 이름은 춘향이로소이다."

하니, 이 도령이 웃으며 대답한다.

"이팔이 십육이니 나의 나이 사사 십육과 딱 동갑이구나. 어찌 반갑지 않겠느냐. 이름이 춘향이라니, 네 모습이 이름과 같이 절묘하고 어여쁘도다. 달빛 속 매화 곁에 있는 두루미 같기도 하고, 나무에 새침하게 올라앉은 부엉이 같기도 하고, 가는 줄에 앉아 있는 초록 제비 같기도 하구나."

또 묻기를,

"네 생일이 어느 때인가?"

춘향이 여쭈되,

"소녀의 생일은 사월 초팔일 자시로소이다."

하니 이 도령 하는 말이,

"사월이라. 나와 동년 동월이니 천정배필天定配匹* 이로구나. 다만 날짜와 시가 다르니 그것이 한이로다."

하고는 앞에 앉혀 두고 열렬히 바라보는 모양은 이름난 장수 번쾌가 항우를 보고 머리가 치켜 올라가고 눈이 커지면서 큰 칼을 빼어 들고 검무를 추는 듯한 모습이요, 깊은 연못의 늙은 용이 물결을 헤치고 여의주를 얻어 기뻐하는 모습이요, 만첩청산의 호랑이가 큰 개를 잡아 놓고 앞에 두고 흥에 겨워 즐거워하는 모습이라.

* 천정배필 하늘에서 미리 정해 준 배필. 잘 어울리는 한 쌍의 부부를 이르는 말이다.

이 도령이 가만히 앉아 있지를 못하면서 하는 말이,

"너를 부른 뜻은 다름이 아니다. 내가 서울에서도 봄가을 좋은 시절에 아침저녁으로 청루와 술집에서 절대가인들의 노래와 춤을 즐기고 인연을 맺으며 세월을 보낸 적이 있느니라. 그런데 지금 너를 보니 속세의 인물이 아닌 듯하여 내 마음에 연모의 정이 저절로 생겨나는구나. 탁문군과 사마상여가 거문고로 백년가약을 맺은 것처럼 너와 내가 다음 생까지 이어지는 인연을 맺고자 하여 부른 것이라."

춘향이 이 말을 듣고 이마를 숙이고 조용히 여쭙기를,

"소녀의 몸이 비록 창기의 몸이오나 마음은 하늘의 북극성에 걸어 둔 바, 남의 첩이 되지는 말자고 맹세를 하였사옵니다. 송구하나 도련님의 분부는 받들지 못할 듯하옵니다."

이 도령 말하기를,

"비록 정식으로 예를 갖추지는 못하겠지만 착실한 혼인이 될 것이니 허락하여라."

하니, 춘향이 여쭙기를,

"그러나 허락한 후에 사또께서 임기 끝나 상경하시면 어찌합니까? 도련님은 서울 올라가 높은 가문에 장가들어 금슬 좋게 보내실 테니, 그리되면 저 같은 천첩을 생각이나 하겠사옵니까? 속절없는 제 한 몸은 개밥에 도토리 같은 처지가 될 것이니 아무리 생각해도 이 말씀은 따를 수 없사옵니다."

이 도령이 춘향을 온갖 말로 타이르며 말하기를,

"만일 불행히 사또께서 서울 올라가신다 해도 설마 너를 버리고 가겠느냐. 우리 모친을 신주 모시는 가마에 타시게 할지라도 너는 좋은 가마에 태워 갈 것이니 조금도 염려하지 마라. 양반이 한 입으로 두말하겠느냐. 어서 바삐 허락하여라."

춘향이 여쭈되,

"그러하시면 먹의 흔적은 썩는 일이 없삽고, 관아에서의 모든 일도 문서대로 하는 것이오니, 혹 약속을 어기실 때 꺼내 볼 수 있도록 불망기不忘記*를 써 주옵소서."

하니, 이 도령이 기쁨을 이기지 못하며 종이를 펼쳐 놓고는 용벼루에 먹을 갈아 좋은 붓에 먹을 흠뻑 묻혀 일필휘지로 쓰는구나.

> 모년 모월 모일
> 춘향을 잊지 않겠다는 뜻으로 불망기를 쓰노라
> 이 글은 우연히 산천을 구경하러 광한루에 올랐다가
> 천생연분의 배필을 만나게 되어 쓰는지라
> 그 사랑하는 마음을 이기지 못해
> 백년가약을 맺기로 약속했으니
> 이후 만일 약속을 저버리는 일이 있으면

* 불망기 뒷날에 잊지 않기 위해 적어 놓은 글

이 문서로 관아에 가서 고발하라

이렇게 써 놓으니 춘향이 받아 이리저리 접어 비단 주머니에 고이 넣은 후에 말하기를,

"발 없는 말이 천 리를 간다 하옵니다. 만일 이 말이 누설되어 사또께 들어가면 소녀는 속절없이 죽을 것이오니 부디 조심하옵소서."

이 도령이 웃고 대답하기를,

"사또께서 젊은 시절 술집, 기생집에 많이 다니셨는지는 모르겠으나 온갖 기생들 방귀 냄새 무수히 맡으러 다녀 계셨다고 하는지라. 이런 일에 신경이나 쓰시겠느냐. 부디 염려하지 마라."

이렇듯 담소하다가 춘향더러 묻기를,

"너희 집은 어디냐?"

춘향이 손을 들어 가리키며 대답하기를,

"이 산 너머 저 산 너머, 한 모퉁이 두 모퉁이 지나가, 대나무밭 깊은 곳으로 돌아 들어가면 벽오동 있는 곳이 소녀의 집이옵니다."

이 책 저 책 읽어 보아도 춘향 생각

이 도령이 춘향을 보낸 후 책방으로 돌아왔으나 정신이 산란해 진정할 길이 없는지라. 마지못해 책을 읽으려 하나 펼쳐 놓은즉 글 줄마다 춘향이요, 글자마다 춘향이라. 한 글자가 두 글자 되고 한 줄이 두 줄 되더니 그게 모두 춘향이라. 초조한 마음에 이 책 저 책 대강 펼쳐 읽어 본다.

하늘 천天, 따 지地, 검을 현玄, 누를 황黃
천지 사이 만물 중에 사람이 가장 귀하니
천황씨는 목덕木德으로 왕이 되어
섭제 별에서 세상을 일으켜 자연히 나라가 태평하니*

* 천황씨는 목덕으로 ~ 나라가 태평하니 《십팔사략》의 첫 구절

이십삼 년 처음에 진대부, 위사, 조적, 한건을 제후로 삼기를 명했다*

원형이정은 하늘의 도의 떳떳함이요

인의예지仁義禮智는 사람의 성정의 벼리라*

대학의 도는 밝은 덕을 더 밝게 하는 것에 있고

백성을 새롭게 하는 데 있으며

지극히 착한 데 머물게 하는 것에 있느니라*

공자께서 말씀하시기를, 배우고 때로 익히면 또한 기쁘지 아니한가*

맹자께서 양혜왕을 알현하시니 왕이 말하기를

천 리 길을 마다하지 않고 오셨으니 또한 이 나라를 이롭게 하지 않으시겠습니까*

꽥꽥 우는 저 물새들은 물가에서 사이좋게 노는구나

어여쁘고 얌전한 저 아가씨, 군자의 좋은 짝이로구나*

옛날 요임금에 대해 상고해 보자면*

건乾은 원元하고 형亨하고 이利하고 정貞하니라*

* 이십삼 년 처음에 ~ 삼기를 명했다 《통감》의 첫 구절
* 원형이정은 하늘의 ~ 성정의 벼리라 《소학》의 한 구절
* 대학의 도는 ~ 것에 있느니라 《대학》의 첫 구절
* 공자께서 말씀하시기를 ~ 기쁘지 아니한가 《논어》의 첫 구절
* 맹자께서 양혜왕을 ~ 하지 않으시겠습니까 《맹자》의 첫 구절
* 꽥꽥 우는 ~ 좋은 짝이로구나 《시경》의 첫 구절
* 옛날 요임금에 대해 상고해 보자면 《서경》의 첫 구절
* 건은 원하고 형하고 이하고 정하니라 《역경》의 한 구절

이 도령이 하는 말이,

"글자가 다 뒤집혀 보이니 도무지 글을 못 읽겠다. 하늘 천天 자가 큰 대大 자가 되고, 《사략》이 노략이 되고, 《통감》이 곶감 되고, 《논어》가 붕어 되고, 《맹자》가 탱자 되고, 《주역》이 누역 되니, 보이는 것이 다 춘향이로구나. 보고지고, 보고지고. 칠 년 가뭄에 빗발같이 보고지고. 구 년 홍수에 햇빛같이 보고지고. 달 없는 동쪽 방에 불 켠 듯이 보고지고. 통인, 방자, 군노, 사령, 별감, 좌수가 다 춘향으로 보이고, 온 집안이 다 춘향이라. 이를 어찌하잔 말인고. 보고지고, 보고지고, 잠깐이라도 보고지고."

하며, 잠꼬대라도 하는 지경으로 자기도 모르게 큰 소리를 지르니 동헌에서 이 소리를 듣고 통인을 불러 분부하시기를,

"너는 바삐 책방으로 가서 도련님더러 글은 아니 읽고 무엇을 '보고지고' 하는지 자세히 알아 오라."

통인이 책방에 가서 이 말을 전하니 이 도령이 말하기를,

"다름이 아니라 글을 읽다가 《시전》 〈칠월〉 편을 보고지고 하더라고 여쭈어라."

하고는 계속해서 '보고지고' 하는구나.

그러고는 방자를 불러 묻는 말이,

"해가 얼마나 갔느냐."

방자가 하늘을 가리켜 말하기를,

"이제야 해가 하늘 한가운데 떴사옵니다."

이 도령이 탄식한다.

"어제는 하루가 뒷덜미를 잡아가듯 그리 쉽게 가더니만 오늘은 누가 뒤를 묶어 맸는지 어찌 이리 더디 가느냐. 하루 해가 마음을 심술궂게 쓰는구나."

이윽고 방자 놈이 저녁 진지를 올리니 이 도령 말하기를,

"밥인지 무엇인지, 먹기도 싫다. 해는 얼마나 남았느냐?"

방자가 여쭈되,

"서쪽 큰 못에 해가 떨어지고 달이 동쪽으로 솟아오르고 있습니다."

드디어 이 도령이 사또 퇴청하시기를 기다려 몸을 숨기고 가만히 담을 넘어 방자 놈을 따라 감돌아 풀돌아 훌쩍 돌아들어 춘향의 집을 찾아간다.

합환주를 마시다

이때 춘향이 조용한 방에서 비단 창문을 반쯤 열고 벽오동 거문고에 새로 줄을 얹어 무릎에 올려놓고는 한 곡조 타면서 덩지덩 둥둥지덩 동당슬갱 노닌다. 이때 이 도령이 문밖에서 춘향 어미를 부르니 춘향 어미가 나오는데 과연 책방 도련님이 와 계시구나. 매우 놀란 척하면서 말하기를,

"이게 어인 행차시오. 사또께서 아시면 우리 모녀가 다 죽을 것이니 바삐 돌아가시오."

하는구나. 이 도령이 말하기를,

"어서 일단 들어가자."

하거늘 춘향 어미가 원래 의뭉한 구석이 있는지라 속으로 딴마음을 먹고 잠깐 다녀가라 하고는 이 도령을 앞세우고 들어간다.

춘향의 집을 차례로 살펴보니 사면이 팔八 자, 입 구口 자로 생겼구나. 대문 기둥은 높이 솟아 있고, 안사랑에는 안팎으로 중문과

행랑이 줄 맞추어 서 있고, 층층마다 벽장에 다락이 있더라. 대청 여섯 칸, 안방 세 칸, 건넌방 두 칸, 차 마시는 방 반 칸, 내외 분합* 과 툇마루, 부채 모양 추녀에 완자 무늬 창문, 부엌 세 칸, 광 네 칸, 마구간 세 칸이니 검소하구나.

백능화 도배에 청능화로 띠를 두르고 지붕 밑에 호화로운 종이 벽지, 굽 달린 그릇들이 늘어섰다. 벽에 붙인 서화를 보니 동쪽 벽에는 도연명이 추강에 배를 띄워 청풍명월에 흐르듯 배를 저어 가는 경치요, 서쪽 벽에는 삼국이 서로 다툴 때 유비가 적토마를 몰아 제갈공명을 만나러 가는 경치요, 남쪽 벽에는 강태공이 줄 없는 낚싯대를 드리우고 주 문왕을 기다리는 경치요, 북쪽 벽에는 성진이 팔선녀를 만나 희롱하며 지팡이를 던지는 경치를 그렸구나.

바다와 학, 복숭아꽃과 십장생을 가로로 붙여 두고 부엌문, 광문, 방문, 중문, 대문까지 전후좌우에 글귀들을 붙였으며, 뒷동산에 정자 짓고 앞 연못에 연꽃 심고, 돌 다듬어 면을 맞추어 계단을 층층 쌓았도다. 쌍쌍의 오리들과 두루미가 노닐고 커다란 금붕어는 물 위에 둥실 떠서 이리저리 출렁이며, 갖은 화초 다 피었으니 동쪽에 매화, 서쪽에 흰 국화, 남쪽은 붉은 국화, 북쪽은 금빛 대나무, 가운데 노란 국화 어여쁘다. 산국화는 좌우에 늘어섰고 소나무, 계수나무, 철쭉나무, 진달래, 민들레가 일품이다. 봉선화, 석류

* 분합 대청과 방 사이나 대청 앞에 다는 네 쪽 문

꽃, 들쭉, 종려, 모란, 작약, 치자, 동백이며 키 큰 파초잎과 매화, 포도, 영산홍, 원추리, 구기자가 흐드러지게 굽이굽이 얽혀 있다.

살림들을 보자 하니 금빛 들미장, 좋은 머리장, 자개 함롱, 반단이, 경대, 가께수리*, 계자다리 옷걸이*며, 철침, 퇴침, 벼룻집, 쌍룡 그린 빗접고비*, 용머리 그린 빗자루, 청동화로, 놋촛대를 여기저기 세워 두고, 벽오동 거문고에 새 줄을 얹어 세워 놓고 샛별 같은 요강, 타구를 발치에 두었구나. 이층장, 삼층 탁자, 귀목뒤주, 실굽다리 그릇들이 좌우에 치렁치렁 세워져 있다.

춘향이 계단 아래 바삐 내려가 이 도령 손을 이끌고 방으로 들어가 좌정한다. 이 도령이 방을 둘러보니 대병풍, 중병풍, 머리맡에 두는 작은 병풍이 둘러쳤고, 돌돌 말아 놓은 봉황 그린 족자와 원앙금침, 자줏빛 잣베개까지 더욱 좋구나.

춘향이 술과 안주를 갖추어 은근히 드리니 갖은 음식이 풍성한지라. 팔모 접시, 대모 쟁반, 대양푼에 갈비찜, 소양푼에 제육찜, 양끝이 뾰족한 송편이며 먹기 좋은 꿀설기, 보기 좋은 화전, 송기떡, 전병 괴어서 받쳐 놓고, 푸른 배, 누런 배, 깎은 생밤과 저며 놓은 감이로다. 전복, 염통산적, 양볶음, 꿩 다리, 영계찜 곁들여 놓고,

* 가께수리 여닫이문 안에 서랍을 넣어 귀중품을 보관하는 함
* 계자다리 옷걸이 닭의 다리 모양을 본떠 만든 옷걸이
* 빗접고비 나무를 대고 기름 먹인 종이를 여러 겹 붙여 족자처럼 만들어 걸었던 생활용품. 두껍게 붙인 종이 옆에 틈을 만들어 빗을 꽂았다.

청포도, 흑포도, 머루, 다래, 유자, 감, 사과, 석류, 참외, 수박, 잣, 개암, 초장, 겨자, 꿀을 틈틈이 끼워 놓았구나. 각종 술병 곁에 놓았으니 꽃 그린 왜화병, 황유리병, 벽해수상 거북병, 목 긴 거위병, 이백의 포도주, 도연명의 국화주, 마고선녀의 천일주, 산중처사의 송엽주, 일년주, 백화주, 이강고, 감홍로, 자소주, 황소주를 앵무잔에 가득 부어 이 도령께 전하면서 권주가를 부른다.

잡수시오 잡수시오
이 술 한 잔 잡수시오
이 술 한 잔 잡수시면
천만년이나 사오리다
이 술이 술이 아니오라
한 무제의 승로반* 에
이슬 받은 것이오니
쓰나 다나 잡수시오
제 것 두고 못 먹으면
쌓아 두고도 못 쓰는 창고라오
한번 죽고 나면

* 승로반 하늘에서 내리는 장생불사長生不死의 감로수를 받아 먹기 위해 만들었다는 쟁반

누가 한 잔 먹자 하리

살았을 때 이리 노세

그립던 우리 낭군

꿈 가운데 잠깐 만나

마음속 회포 다 못했는데

벌써 날이 밝았구나

이 도령이 반쯤 술에 취해 춘향에게 온갖 노래로 즐거운 흥을 돋우라 하니 춘향이 잡가를 부르는구나.

초당 뒤에 앉아 우는 소쩍새야

암놈 적다고 우는 새냐

수놈 적다고 우는 새냐

빈산이 어디 없어

이 창문에 앉아 우느냐

저 소쩍새야

빈산이 많고 많으니

울 곳 가려 울어라

이 도령이 다 취하도록 먹고 춘향의 노랫소리를 들으며 즐기다 보니 밤이 깊어 벌써 북두칠성이 지려 하는지라. 춘향이 마음에 민

망해서 말하기를,

"이미 달이 지고 밤이 깊었으니 그만 주무시지요."

하니 이 도령이

"좋다."

하고는 춘향에게

"먼저 벗고 누워라."

하니 춘향이 이 도령에게 먼저 누우라 하며 서로 미루는구나. 이때 이 도령 말하기를,

"내가 비록 취했으나 그냥 자기는 재미가 없으니 글자 타령이나 해 보자."

하고는 합환주를 서로 마시며 이 도령이 글자를 모아 본다.

우리 둘이 만났으니 만날 봉逢 자, 잘 썼도다

우리 둘이 마주 섰으니 좋을 호好 자, 잘 썼도다

백년가약 이루었으니 즐길 낙樂 자, 잘 썼도다

달빛 은은한 야삼경에 둘이 벗으니 벗을 탈脫 자, 잘 썼도다

오늘 침상 즐거우니 잘 침寢 자, 잘 썼도다

한 베개를 둘이 베고 누웠으니 누울 와臥 자, 잘 썼도다

두 몸이 한 몸 되고 안고 틀어졌으니 안을 포抱 자, 잘 썼도다

두 입이 마주 닿았으니 법중 려呂 자, 잘 썼도다

네 아래 굽어보니 오목 요凹 자, 잘 썼도다

내 아래 굽어보니 내밀 철凸 자, 잘 썼도다

남대문이 개구멍 같고, 인경이 매방울 같고

선혜청이 오 푼이요, 호조가 서 푼이요

하늘이 엽전만 하고 땅이 뱅뱅 맴도는도다

흥에 겨워 노닐 적에 춘향에게 말하기를,

"우리 둘이 인연이 중하여 만났으니 인人 자 타령 하여 보자."

이 도령이 먼저 인人 자를 모은다.

숲속에서 못 보았는가, 그 한 사람을

달 밝고 누각 높은 데 있구나, 한 어여쁜 사람

오늘 갑자기 보내게 되었네, 오래된 벗 한 사람

궁중에 날아 들어오니 없도다, 보는 사람

버드나무 푸른데 물을 건너는 사람

낙교에서는 볼 수가 없네, 사람의 흔적

눈보라 치는 밤에 돌아가는 사람

임하하증견일인林下何曾見一人

월명고루유미인月明高樓有美人

금일번성송고인今日翻成送故人

비입궁중불견인飛入宮中不見人

양류청청도수인楊柳青青渡水人

불견낙교인不見洛橋人

풍설야귀인風雪夜歸人

귀인, 병인, 걸인, 노인, 소인

사람[人]으로 인연해서

두 사람 혼인하고

서로가 증인 되니

즐겁기도 그지없다

춘향이 말하기를,

"도련님은 인人 자를 달았으니 소녀는 년年 자를 달아 보겠사옵니다."

하고는 년年 자를 모아 본다.

근심과 즐거움을 나누면 짧도다, 백 년

오랑캐 말을 타고 내리 달린다, 오륙 년

사람은 늙으면 다시 될 수 없구나, 소년

머리에 흰 서리 내리니 내일 아침이면 또 일 년

함양에는 많기도 하다, 협객 소년

일 년 가고 나서 또 일 년

추위 다 가도 바뀐지 모르는 일 년

우락중분비백년憂樂中分非百年

호기장구오륙년胡騎長驅五六年

인로증무갱소년人老曾無更少年

상빈명조우일년霜鬢明朝又一年

함양유협다소년咸陽遊俠多少年

경세우경년經歲又經年

한진부지년寒盡不知年

작년, 금년, 천년, 만년

우연히 인연 맺었으니

백 년을 정해 놓은 것이라

이 도령 말하기를,

"우리 둘이 다정하니 천만년을 기약하자. 나는 죽어 새가 되거든 봉황, 난새, 공작, 원앙, 비취, 앵무, 두견, 접동 다 버리고 청조라 하는 새가 되고 네가 죽어 물이 되거든 황하수, 폭포수, 구곡수 다 버리고 음양수라는 물이 되어 밤낮으로 물에 떠서 둥실둥실 놀자꾸나. 네가 키 큰 오리나무가 되면 나는 삼사월 칡덩굴이 되어 밑에서 끝까지 끝에서 밑까지 한 곳도 빈틈없이 휘휘 칭칭 감겨 있어 일생 풀리지 말자꾸나."

이렇듯 즐기다가 날이 새면 몰래 돌아오고 어두워지면 다시 또 천방지방 달려가서 밤새 놀고, 이렇게 남모르게 다니면서 하루하루가 지나갔더라.

뜻밖의 이별

이때 임금께서 남원 부사가 백성들을 잘 다스린다는 소문을 들으시고 벼슬을 승진시켜 호조판서를 제수하시는 문서가 내려온지라. 부사가 날짜를 정해 출발할 준비를 하면서 이 도령을 불러 이르기를,

"너는 어머니를 모시고 먼저 올라가라."

하니, 이 도령이 이 말을 듣고는 넋이 빠지고 경황이 없어 어쩔 줄 모르다가 목메는 소리로 겨우 대답만 하고는 바로 춘향의 집으로 가는구나.

춘향이 급히 달려 나와 이 도령을 붙잡고는 가슴을 치면서 울며 말하기를,

"이 일이 어인 일이오. 이 설움을 어찌하오. 평생에 첫 이별인데 다시 못 볼 임이 되는구나. 생이별을 하자니 살아 있는 나무에 불이라도 붙는 것 같소. 이별이 원수로다. 남북에 군신 이별, 역로에

형제 이별, 만 리에 처자 이별, 이별마다 서럽다 하지만 우리같이 서러운 이별 또 어디 있을까. 답답한 이 설움을 어이하랴."

이 도령도 두 소매로 얼굴을 감싸고 울면서 춘향에게 말하기를,

"울지 마라, 울지 마라. 너 우는 소리에 대장부 애간장이 다 끊어진다. 평생에 원하기를 우리 둘이 죽어 꽃이 되고 나비 되어 이 봄이 다 가도록 떠나 살지 말자 했는데, 인간의 일을 조물주가 시기하니 오늘 이 이별을 당했구나. 그러나 이 이별이 설마 영영 이별 되겠느냐?"

춘향이 말하기를,

"도련님 올라가시면 이내 한 몸 그 아니 가련하오. 누굴 바라고 살잔 말이오. 겨울밤 여름날의 이 설움을 어찌하겠소. 차라리 나를 죽이고 올라가시오."

이 도령이 말하기를,

"사또께서 호조판서를 하지 마시고 이 고을 사또나 계속하셨으면 우리 둘이 이 이별이 없었을 것을. 나에겐 이런 원수가 없구나. 울지 마라. 그래도 우리 연분은 청산과 녹수 같아서 무너지거나 끊어지지 않을 것이니라. 훗날 상봉하여 그리던 회포를 풀 수 있지 않겠느냐."

서로 연모하는 마음을 억제하면서 마지못해 이별하려니 눈물을 금치 못하는지라. 이 도령이 비단 주머니를 열고 거울을 꺼내 춘향에게 주며 말하기를,

“장부의 떳떳한 마음이 이 거울과 같은지라. 수백 년 지나도 변하지 않으리라.”

춘향이 말하기를,

“도련님 이제 가시면 언제나 오시려오. 죽은 나무에 꽃 피거든 오시겠소, 병풍에 그린 닭이 두 날개 치면서 꼬끼오 울면 오시겠소, 금강산 상상봉이 평지 되고 물 들어와 배 떠다니면 오시겠소.”

손에 꼈던 옥가락지를 빼서 이 도령에게 주며 말하기를,

“여자의 높은 절개는 이 옥가락지와 같소. 진흙 속에서 천만년 지난다 해도 옥빛이 변하리오.”

이 도령 말하기를,

“우리가 다시 만날 날이 있을 것이니 부디부디 잘 있거라.”

하고 노래를 하나 지어 준다.

잘 있거라, 잘 다녀오마
간다 해도 아주 가며
아주 간들 잊겠느냐
잠 깨어 곁에 없어도 슬퍼 말거라

춘향이 화답한다.

간다고 서러워 마오

보내는 내 마음도 있다오

산 첩첩, 물 깊고 깊은데 부디 평안히 가시오

가다가 긴 한숨 나거든 나인 줄 아시오

십 리 밖까지 나와서 이 도령을 전송하며 춘향이 말하기를,

"나 같은 천첩 잠시 잊으시고 서울 가면 학업에 힘쓰소서. 부디 입신양명하여 부모님 기쁘게 해 드리고 얼른 나를 찾으러 와 주소서. 머리에 손을 얹고 내다보며 도련님 기다리겠나이다."

이 도령 말하기를,

"하고픈 말을 어찌 다 하겠느냐. 부디부디 신의를 지켜 나 오기를 기다리고 있어라."

하고는 마지못해 말에 올라타 서울로 향하는구나.

돌아보며 떠나는데 한 산을 넘으니 오 리가 지나고 한 물을 건너니 십 리가 지나간다. 갈수록 춘향의 모습이 점점 더 멀어지니, 긴 한숨 짧은 탄식 벗을 삼아 올라가는구나. 춘향도 이 도령을 보내고 눈물을 이리 씻고 저리 씻고 북쪽 하늘 바라본들 어쩔 수 없는지라. 집에 돌아와 의복 단장 다 그만두고 창문도 굳게 닫고는 무정한 세월을 보내더라.

괴팍한 변학도가 부임하다

이때 구관 사또는 올라가고 신관 사또가 임금께 절하고 인사한 뒤 나오더라. 맞이하러 나온 아전들에게 인사를 받은 후 이방 불러 분부하는데 춘향의 이름을 잊어버리고 이렇게 묻는다.

"네 고을에 양이가 있느냐?"

이방이 아뢰기를,

"소인의 고을에는 양은 없사옵고 염소는 한 이십 마리 있나이다."

신관이 말하기를,

"이 녀석아, 기생 중에 무슨 양이가 있느냔 말이다."

이방이 그제야 알아듣고 여쭈되,

"기생 춘향이가 있사오나 기생 명부에 이름은 없사옵니다."

신관이 놀라며 말하기를,

"그게 무슨 말이냐?"

이방이 여쭈되,

"다름이 아니오라 구관 사또 자제 도련님과 서로 약속하였기에, 대비정속代婢定屬* 을 해 두고 자기는 수절하고 있사옵니다."

신관이 말하기를,

"이게 무슨 당치 않은 말이냐. 어린 자식들이 첩 놀음을 하다니. 쓸데없는 소리 집어치우거라."

하고는 행차를 준비해 떠난다.

남대문 바삐 나서서 칠패, 팔패, 청파, 이태원, 동작을 얼핏 지나 수원에서 숙소를 정한다. 상유천, 하유천, 중이, 오산을 지나 진위에서 점심 먹고 칠원, 성환, 천안 삼거리에서 숙소를 정한다. 진계역 바삐 지나 덕평, 인주, 원광정 지나 공주에서 점심 먹고 널티, 경천, 노성에서 숙소를 정한다. 은진, 닥다리, 여산, 능개울, 삼례를 지나 전주에서 점심 먹고 노고바위, 임실을 얼핏 지나 남원 오리정에 다다랐구나.

남원읍에 도착하니 관리들이 위엄을 갖추어 신관을 영접한다. 각종 깃발 늘어섰으니 청도기 한 쌍, 홍문기 한 쌍, 홍초남문기 한 쌍, 황문기 한 쌍, 순시기 한 쌍, 백문기, 흑문기 각 한 쌍이로다. 악기로는 징 한 쌍, 북 한 쌍, 나각 한 쌍, 날라리 두 쌍, 나팔 두 쌍이

* 대비정속 관청의 여종이나 기생이 자기 대신에 다른 사람을 사서 넣고 자신은 자유의 몸이 되는 것

즐비하고, 여기에 곤장 한 쌍, 영기 열 쌍을 좌우로 늘어세우고는 여러 집사와 장교가 줄을 맞추어 서 있구나. 어린 기생은 푸른 저고리에 붉은 치마 차려입고 어른 기생은 전립 썼으며 늙은 기생이 이들을 인솔해서 따라간다.

모든 관속이 뒤를 따르니 그 모습이 거창한데 신관은 속마음으로 오직 춘향만 생각하고 있더라. 부임하고는 백성들의 사정 돌보고 상소 들어 줄 생각은 없이 우선 기생 점고부터 하는구나. 기생 명부 앞에 놓고 차례로 호명하는데 채련이, 홍련이, 봉월이, 추월이 등이 다 나오되 춘향 이름이 없으니 이방 불러 묻는다.

"춘향의 이름이 명부에 없으니 어찌 된 일이냐?"

이방이 대답하기를,

"춘향이 지금 수절하고 있나이다."

신관이 말하기를,

"제까짓 게 무슨 수절이 있으리오. 바삐 잡아들이라."

군노, 사령 들이 우당퉁탕 바삐 가서 대문을 발로 차며 춘향을 부르는구나. 춘향이 놀라서 달려 나와 이유를 물으니 자기를 잡으러 온 관졸인지라. 춘향이 울며 어미를 부르고는 우선 주안상을 차려 이들을 먹이고 돈 다섯 냥을 주며 말하기를,

"약소하지만 일단 사양치 말고 술값이나 하시오."

하니, 군노 등이 사양하는 척하다가 받으며 말하기를,

"우리가 곤장을 맞더라도 말 안 나오게 할 터이니 염려 마라."

하고는 관가에 돌아와서 아뢴다.

"춘향이가 몇 달째 병들어 있어 잡아 오지 못했사옵니다."

신관이 크게 노해 사령을 엄히 곤장 치고는,

"옥에 가두어라!"

하고 다른 관졸을 불러 명하기를,

"춘향을 잡아 대령하라. 만일 더디게 행하였다가는 큰코다치리라."

하니, 누구의 영이라고 거스르겠는가. 관졸들이 모두 춘향의 집에 몰려가서 말하기를,

"너 때문에 다른 사람이 다 죽게 생겼다. 사정을 봐줄 수 없으니 어서 가자."

재촉한다. 춘향이 울며 말하기를,

"여러 오라버니, 들어 보시오. 죄가 있는지 없는지도 묻지 않고 당장 잡아가려고만 한단 말이오? 내가 무슨 죄가 있소?"

한 관노가 말하기를,

"우리도 네 사정이 안되고 불쌍하다만 어쩌겠나. 할 도리가 없구나. 얼른 가는 것이 제일 나으니라."

춘향에게 닥친 시련

춘향이 할 수 없이 머리를 싸매고 헌 저고리에 몽당치마 대충 입고 헌 짚신을 끌고 죽으러 가는 사람마냥 내내 울면서 관가에 간다. 관가에 도착하니 신관이 벼락같이 고함을 지르며,

"잡아들이라."

하니, 계단 아래에 있던 나졸이 일시에 달려들어 춘향의 머리를 비단 가게에서 통비단 감듯, 잡화상에서 연줄 감듯, 뱃사공이 닻줄 감듯 휘휘친친 감아쥐고 내동댕이쳐 잡아들인다.

신관이 춘향을 한번 보고는 마음속에 생각하기를,

'형산의 백옥이 진흙 속에 묻힌 모습, 밝은 달이 구름 속에 숨은 모습 같구나. 수수한 차림새가 더욱더 어여쁘다.'

하면서 침을 질질 흘리는지라. 신관이 춘향에게 말하기를,

"네가 이 고을 기생이면서 신관 사또가 부임하시는데 대령하지 않았느니라. 그게 과연 잘한 것이냐?"

춘향이 아뢰기를,

"소녀는 구관 사또의 자제 도련님을 모신 후에 수절하고 있어서 대령하지 못하였사옵니다."

신관이 화를 내며 분부하기를,

"고이하다. 너 같은 기생이 수절이 웬 말이냐. 네가 수절하면 우리 마누라는 기절할까. 요망한 말 하지 말고 오늘부터 수청 거행하라."

춘향이 여쭈기를,

"만 번 죽어도 행할 수 없사옵니다."

신관이 말하기를,

"잔말 말고 분부대로 거행하라!"

춘향이 여쭈기를,

"옛말에 이르기를, '충신은 두 임금을 섬기지 않고, 열녀는 두 남편을 섬기지 않는다'고 하였소이다. 만일 조정에 불행한 일이 생겨 어려운 때가 오면 사또께서는 도적에게 무릎을 꿇으시겠소?"

신관이 이 말을 듣고 대노해서 강변에 있는 소가 날뛰듯 길길이 뛰면서,

"춘향을 바삐 형틀에 잡아 올려라!"

하니 나졸들이 달려들어 춘향을 형틀에 앉히고는 죄목을 읽는구나.

"너의 몸은 원래부터 천한 기생으로 제 처지도 모르고 수절하

겠다니 그것이 무슨 곡절이냐. 또한 처음 관장을 뵙는 자리에서부터 발악을 하며 능욕하니 이는 해괴한 일이로다. 그 죄가 죽어 마땅하나 우선 엄히 다스려 치도록 하라."

집장에게 분부해서,

"매우 치라."

하니, 춘향의 애간장이 봄눈 녹듯이 사그라드는구나. 군졸들이 주장, 곤장, 도리깨 다 버리고 형장을 눈 위까지 치켜들고 매를 세는 소리에 발맞추어 한 번 후려치니, 맑은 하늘에 날벼락 소리 같은지라.

신관이 이르기를,

"이래도 분부를 거역하겠느냐?"

춘향이 말하기를,

"사또께서는 이렇게 하지 마시고 용천검 같은 명검으로 내 한 몸 둘로 자르시오. 아래 토막은 저미거나 오리거나 굽거나 지지거나 갖은 양념에 주무르거나 마음대로 하시고, 다만 내 목만큼은 한양성 안으로 보내 주시오."

신관이 말하기를,

"이런 요악한 년. 매에 승복하게 매우 치라."

집장이 매마다 세어 가며 한 번 치고 두 번 치니 백옥 같은 다리에 솟아나니 유혈이라. 보는 자 누가 아니 가엾게 여기리오. 열 대 지나 삼십 대에 이르니 정신을 잃고 죽은 듯하더라. 그러자 신관이

분부하기를,

"하옥하라!"

하니 관졸이 춘향을 앞세우고 끌고 나간다. 춘향이 흐느껴 울며 말하기를,

"내가 삼강오륜의 도리를 몰랐던가, 나라의 곡식을 훔쳤던가. 곤장 맞기도 지극히 원통한데 또 큰칼에 족쇄까지 채우는 것은 무슨 일인가. 우리 도련님 한 번만 보고 죽으면 한이 없겠구나. 뼈와 몸이 다 가루가 될 지경이니 원통하고 또 원통하다."

춘향 어미 말하기를,

"네가 수절이 다 무엇이냐. 연약한 몸에 이런 중형을 당하니 불쌍도 하고 밉기도 하다. 내 말대로 수청 들었으면 이 지경이 되진 않았을 것을. 남원읍의 권세 다 누리고 남원읍 물건이 모두 다 제 것이 되었을 것을. 대체 수절이 다 무엇이냐. 무남독녀 너 하나를 금옥같이 길렀건만 이 지경을 당하니 어찌 애닯지 않겠느냐."

모녀가 서로 슬퍼하더라.

옥에 갇혀 점을 치니

이때 남원 사람들이 춘향의 소문을 듣고 이 사람 저 사람 모두 모여든다. 춘향의 모습을 보고 같이 우는 이도 있고 위로하는 이도 있고 청심환을 주는 이도 있고, 약으로 쓰라며 아이 똥을 가지고 오는 이, 사탕과 꿀떡을 가지고 오는 이도 있구나. 이렇게들 위로하며 어떤 이는 춘향이를 업고 어떤 이는 부채질을 하며 어떤 이는 칼머리를 받들고 앞뒤 좌우에서 춘향을 떠받들며 옥문까지 겨우겨우 도착하니 그 분주하고 슬픈 경황이 가히 볼만하더라.

춘향이 사람들을 다 돌려보내고는 혼자 눈물 흘리며 탄식하기를,

"한결같은 나의 설움 어찌할까나. 옛날 지혜로운 주 문왕도 감옥에 갇혔다가 고국에 돌아가셨고, 절개 높은 장수 중낭장도 철옹성에 갇혔다가 고향에 돌아갔으니, 나는 언제나 옥중을 벗어나 우리 도련님 만나 볼까."

하며, 거적자리에 칼머리를 베고 누우니 정신이 점점 혼미해

진다.

이때 춘향 어미가 미음을 가지고 와서 춘향을 불러 말하기를,

"춘향아, 죽었느냐 살았느냐. 어찌 음성이 없느냐. 이를 어쩌란 말이냐."

하고 목 놓아 우는지라. 춘향이 놀라 정신을 차리고 말하기를,

"어머니, 진수성찬이라도 지금은 못 먹겠소. 아무래도 도련님을 다시 못 보고 죽을 것 같으니 이 한을 어찌하오. 내 병은 천하의 명의도 고칠 수 없으니 나 죽으면 함경도에서 나는 긴 삼베로 열두 번 질끈 동여매어 명산대천에 묻지 말고 한양성 올려 보내 도련님 다니는 길에 묻어 주오. 도련님 오갈 때 음성이라도 듣게 해 주오."

춘향 어미 말하기를,

"이것이 웬 말이냐. 너를 낳아 진자리 마른자리 가려 눕히고, 쥐면 꺼질까 불면 날아갈까 곱게 곱게 길러 냈건만 어쩌다가 원수 같은 몹쓸 놈을 믿고 수절인지 정절인지 하다가 이런 벌을 받는구나. 어찌 원통치 않으리오. 지금이라도 마음을 돌이켜 어미 간장 태우지 말고 수청 거행하면 그 아니 기쁘겠느냐."

춘향 말하기를,

"어머니, 그런 말씀 두 번 다시 하지 마오. 어느 하늘에 비 올지 눈 올지, 사람의 일은 모르는 법이오. 내 죽을지언정 마음은 결단하였으니 부질없는 염려 말고 집으로 가 계시오."

이렇게 여러 달이 되도록 크고 작은 한숨을 벗 삼아 세월을 보

내더라.

하루는 춘향이 비몽사몽 꿈을 꾸는데 집에 돌아오니 방문 위에 허수아비를 매달았고 뜰에는 앵두화 떨어지며 보던 거울 한복판이 깨졌다. 깜짝 놀라 깨어 보니 한바탕 꿈이로구나. 혼자 생각하기를,

'이게 무슨 꿈인가? 내가 죽을 꿈인가 보다. 죽기는 서럽지 않으나 도련님을 다시 못 보고 죽는다면 눈조차 감을 수가 없겠구나.'

하며 한탄한다. 이때 건넛마을 허 봉사라는 점쟁이가 마침 지나가니 옥졸에게 점쟁이를 불러 달라 한지라. 허 봉사가 감옥으로 춘향을 찾아가는데 길에 풀숲이 가득하니 옷을 거두어 안고 눈을 희번덕이며 조심을 하느라고 애를 쓴다. 코를 찡긋거리며 막대를 저으면서 쉬이쉬이 소리를 내며 오다가는 쇠똥에 미끄러지고 개똥에 엎어진다. 일어나다가 손으로 똥을 짚고 중얼거리기를,

"이리 미끄러우니 쇠똥인가 보다."

하고는 묻은 똥을 털어 내다 담에 부딪히니 자기도 모르게 그 손을 입속에 쑥 집어넣는구나. 이렇게 고생 끝에 감옥으로 겨우 찾아가니 춘향이 들어오라 한다. 봉사가 하는 말이,

"네 일이야 말할 것도 없이 잘 안다. 곤장 맞은 데나 만져 보자."

하고는 춘향의 두 다리를 보더니 곤장 자리는 상관도 없이 음흉하게 종아리를 만지면서,

“아이고, 세게도 때렸구나. 네가 무슨 원수라고 누가 이리 쳤느냐. 김 패두가 치더냐, 이 패두가 치더냐? 바른대로 일러라. 그놈들이 내게 굿날 택일하러 오면 딱 죽을 날을 받아 줄 것이다. 이 원한은 내가 꼭 갚아 주마.”

하고는 이리 만지며 저리 만지더니 은근슬쩍 두 다리 사이에 손을 갖다 대는구나. 춘향이 분을 못 이겨 바로 뺨을 때리려다가 우선 점괘는 들어 보아야겠다는 생각에 마음을 삭이고 말하기를,

“봉사님, 생각해 보시오. 우리 부친과 좋은 친구로 지내지 않았소. 내가 불운하여 부친이 먼저 돌아가셨으니 봉사님이 아버지와 다름없는지라. 손가락질 받을 일 하지 말고 점괘나 잘 풀어 주시오.”

점쟁이가 말귀를 알아듣고는 어물어물 대답하기를,

“네 말이 옳다. 우리 사이가 부친 사이에 인연도 있고 먼 친척뻘도 되니 우리 동네 이 서방의 팔촌 형의 외손녀쯤 될 것이다. 촌수가 멀어 인연을 못 맺을 것도 없긴 하지.”

춘향이 다시 마음을 꾹 누르고 말하기를,

“봉사님을 부모처럼 생각하오. 점이나 잘 하여 주시오.”

하고 석 냥 돈을 건넨다. 점쟁이가 사양하는 척하더니 왼손으로 슬쩍 받고는 말하기를,

“우리 사이에 복채 없는 게 무슨 상관이랴. 꿈 얘기나 자세히 해 보아라.”

춘향이 꿈 이야기를 다 하니 봉사 그제야 점 보는 통을 높이 들어 축원하며 말하기를,

"천지신명께 고하노니 즉시 응답해 주시옵고, 밝으신 신명이 통하게 해 주시옵소서. 모년 모월 모일 조선국 팔도 삼백육십 주 중에서 전라도 남원부 아무 면에 거하는 아무개 남자와 아무개 여자, 이 부부의 금년 운수를 알려 주시옵고, 아무 날 밤에 꾼 꿈이 이러이러하오니 부디 이 꿈의 뜻이 어떠한지 제갈공명 같은 모든 신령하신 영들께서 점괘를 내려 주시옵소서."

하더니 점괘를 풀어 일러 준다.

"꽃이 떨어지니 곧 열매가 맺힐 것이요, 거울이 깨지니 소리가 나지 않겠는가. 문 위에 허수아비를 달았으니 만인이 우러러볼 것이라. 이는 반드시 이 도령이 급제하여 곧 만나 볼 점괘라."

하니 춘향이 말하기를,

"그렇기만 하면 얼마나 좋겠소."

봉사가 말하기를,

"내가 장담할 터이니 조금도 염려 말고 그사이에 잘 지내고 있으라."

춘향이 생각하기를,

'이 점괘대로라면 더 바랄 것이 무엇이 있으리오.'

하고는 밤낮으로 괴로워 울며 슬퍼하더라.

장원 급제한 이 도령

이때 이 도령이 올라가서 학업에 힘쓴다. 모든 일을 전폐하고 상투를 달아매고 송곳으로 다리를 찌르며 손에 침을 뱉어 책장을 넘기면서 지성으로 공부를 하는구나. 《천자문》과 《동몽선습》, 사서삼경과 백가서에 능통하며, 이백, 유종원, 백낙천, 두보를 압도하니 어찌 한 시대의 문장이 아니리오.

이때는 세상이 태평성대라 임금의 덕을 칭송하는 노랫소리가 길거리에 넘치는지라. 조정에서 어진 선비를 뽑으시려고 큰 과거 시험인 태평과를 여신다. 이 도령이 시험지를 둘러메고 과거장에 들어가 시제가 쓰여 있는 현판을 바라보니 '강구康衢에 문동요聞童謠라' 하는데 그 뜻은 '태평 시절을 노래하는 아이들의 노랫소리가 들리는구나'라고 하겠다.

종이를 펼쳐 놓고 용 벼루에 먹을 갈아 황모 붓에 먹물 묻혀 일필휘지로 써 내려가니 문장에 흠잡을 데가 없는지라. 제일 먼저 시험관에게 답지를 제출하니 받아 보건대 문필이 훌륭해 구절마다 글자마다 잘 썼다는 표시를 하는구나. 일등으로 장원 급제를 해서 높이 호명하니 이 도령이 바삐 걸어 임금님 앞에 놓인 계단으로 나아가 성상의 은혜에 감사하는 인사를 올린다.

인사를 마치고 물러 나오니 머리에는 어사화, 몸에는 푸른 관복, 허리에는 학 그린 띠를 매고 왼손에는 옥패를, 오른손에는 홍패를 들었도다. 풍악 소리가 앞에서 길을 열고 금안장 두른 백마를 타고서 큰길가로 나아가니 사람들이 모두 '장원 급제한 선비로다' 하면서 우러러보는구나.

집에 들러 삼 일 머물고 거리 행차를 하고는 산소에 인사를 드리고 돌아온다. 임금을 다시 알현하니 성상이 하교하시기를,

"네 아비는 국가의 대들보가 되는 충신이라. 오늘 네 얼굴과 문필을 보니 또한 어찌 아름답지 않겠는가?"

하시고는 소원을 물으시니 이 도령 대답하기를,

"천하가 태평하오나 궁궐이 깊고 깊으니 백성의 고통을 살피지 못함이 있사옵니다. 신이 각 도에 순찰 암행하여 수령들의 선하고 악함, 백성들의 근심과 즐거움을 염탐하여 임금님의 교화를 펴고자 하옵니다."

임금께서 들으시고 말씀하시기를,

"네 말을 들으니 충심이 깊다는 것을 알겠도다. 진정한 충신이로구나."

하시고 즉시 충청, 전라, 경상도의 삼도 어사를 내리신다. 어사 즉시 하직하고 행차를 준비하니 마패를 차고 역졸들과 약속하며 먼저 가서 탐문하라 하고는 행색을 꾸미는구나.

춘향의 소식을 듣다

칠 푼짜리 헌 파립에 옆이 터진 헌 망건, 깨진 박 쪼가리로 관자를 달고 물렛줄로 끈을 맨다. 헌 도포에 오 푼짜리 무명 끈으로 가슴을 질끈 묶고 칡으로 된 짚신을 매고는 찢어진 부채로 얼굴을 가리니, 버선목 주머니에 탄 담배, 짧은 담뱃대까지 제법이로구나.

가만히 숭례문을 내달아 숭례문 지나 칠패, 팔패, 돌모래 백사장, 동작을 바삐 건너 승방들, 남태령 급히 넘는다. 과천, 인덕원, 갈뫼, 사근내, 참나무정리를 얼핏 지나 진위, 칠원, 소사, 성환, 천안 삼거리, 진계역을 급히 지난다. 덕평, 원터, 인숙원, 광정, 활원, 물원, 새술막을 지나 공주 금강을 얼핏 건너간다. 널티, 정천, 노성 지나 은진, 닥다리, 여산, 능기울, 삼례를 지나 전주 성안에 가만히 들어가서는 여기저기 염탐한다. 노고바위 임실에 다다르니 이때가 삼월 호시절이라.

한 곳을 바라보니 먼 산은 겹겹, 앞산은 첩첩, 태산은 막막, 기암은 층층, 큰 소나무는 낙락장송이요, 강물은 잔잔하게 흘러간다. 비오리 둥둥 떠 있고 두견과 접동새는 좌우에 넘노는데 산따오기 하나가 이 산에서 따옥, 저 산에서 따옥 울음을 우는구나.

또 한 곳을 바라보니 마니산 갈가마귀 태백산 기슭으로 날아가며 우는구나. 또 한 곳 바라보니 층암절벽에 우뚝 선 고양나무가 속이 텅 비었는데 부리 뾰족, 허리 질룩, 꽁지 무뚝한 딱따구리가 크나큰 나무를 툭두덕 꾸벅거리며 쪼아 대는 소리 신기하니 그 또한 경치로구나.

또 한 곳 바라보니 온갖 초목 무성하다. 천두목, 지두목, 백자목, 회양목, 늘어진 장송, 부러진 고목, 떡갈나무, 산유자, 검팽나무, 느릅나무, 박달나무가 빽빽하게 있고 거기에 능수버들이 가지마다 펑퍼져 휘늘어져 구비층층 맺혀 있다. 십 리 안에 오리나무, 오 리 밖에 십리나무, 마주 섰다 은행나무, 임 그리워 상사나무, 입 맞추어 쪽나무, 방귀 뀌어 뽕나무, 한 다리 전나무, 두 다리 들메나무, 하인 불러 상나무, 양반 되어 귀목나무, 부처님 전 공양나무로다.

이렇게 산천 구경 다한 후에 또 한 모롱이 돌아가니 높고 낮은 밭에서 농부들이 밭 갈고 종자 심으며 〈격양가〉를 노래한다.

해마다 풍년 드는 태평 시절
넓은 들판에 농부들아
요임금 시절 태평성대 동요 듣던

그 시대 못지않구나

얼럴럴 상사디야

잔뜩 먹고 배부른 우리네 농부들아

천년만년 즐거워라

얼럴럴 상사디야

순임금 만든 쟁기로

역산에 밭을 갈고

신농씨 만든 따비로

천만년 전해지니

이들도 다 농부셨네

송편 같은 혀를 물고 잠이 든다

얼럴럴 상사디야

거적자리 추켜 덮고

연적 같은 젖을 쥐고

얼럴럴 상사디야

이 소리를 다 들은 후에 어사가 부채로 얼굴을 가리고는 농부에게 반말로 묻기를,

"저 농부야, 말 좀 물어보세."

여러 농부가 서 있다가 이 말을 듣고는 한 농부가 거칠게 말하기를,

"꼴사나운 녀석이 왜 말끝이 그리 짧은고? 대체 무슨 말을 물으려고? 병풍 뒤에 자빠져 자다가 잠 덜 깬 거 아닌가?"

하며 욕설을 퍼부으니 한 늙은 농부가 나와서 말리기를,

"내가 소문을 들으니 어사가 내려왔다는 말이 있더라. 사람 괄시하지 말게. 그도 도포 자락이나마 입고 다니니 아주 맹물은 아닐 걸세."

하거늘 이 도령이 이 말을 듣고 혼자 중얼거리기를,

"사람은 늙어야 쓴다더니 그 말이 옳구나."

하면서 이렇게 묻는다.

"이 고을 원님 민정 살피는 것은 어떤가? 여자를 좋아하여 춘향을 수청 들게 하였다는데 그 말은 옳은가 어떤가?"

농부가 화를 내며 하는 말이,

"우리 원님이 욕심이 있는지 없는지 모르겠으나 백성들의 논밭과 포목들을 다 끌어모아 관아 것으로 만들고 있으니 어떨 것 같은가? 또 원님이 음흉하여 철석같이 수절하는 춘향이에게 엄벌을 내렸으니 어떨 것 같은가? 구관의 아들인지 개아들인지는 한번 떠나고는 아무 소식이 없으니 그런 자식이 어디 있을까."

이 도령이 서서 듣다가 말하기를,

"남의 일은 잘 모르겠으나 욕은 너무 심하게 하지 말게."

하고는 돌아서서 혼잣말로,

"양반이 심하게 욕을 보았도다."

하고는 한 모롱이 돌아간다. 땔나무하는 아이들이 쇠스랑과 호미를 둘러메고 〈산유화〉를 부르며 내려온다.

"어떤 사람은 팔자 좋아 호의호식하는데 어떤 사람은 먹고살기가 그리 어려운가."

또 다른 녀석 하나는 이런 노래를 부르는구나.

"이 마을 처녀와 저 마을 총각이 만나 남자는 장가가고 여자는 시집가는구나."

이 도령이 서서 보다가,

"백성들은 먹고사는 걱정, 장가가는 걱정이 제일 크구나."

한다.

또 한 모퉁이 돌아드니 한 주막에 반백 노인이 한가히 앉아 칡덩굴을 노끈으로 꼬며 〈반나마〉를 부르는구나.

반나마 늙었으니
다시 젊지는 못하여도
이후에도 늙지는 말고
늘상 이만큼만 하였으면
백발이 스스로 짐작하여
더디 늙게 하여라

하면서 줄을 비비며 엮고 있으니 이 도령이 보다가 말하기를,

"노인, 말 좀 물어보겠네."

노인이 대답은 없이 위아래로 훑어보며 노래만 부르더니 한참 있다 말하기를,

"이보시오. 조정에서는 벼슬이 제일이요, 동네에서는 나이가 제일이라 했소. 보아하니 세상 돌아가는 이치 알 만한 양반이 어찌 그리 무례한가?"

이 도령이 말하기를,

"내가 언제 반말했다고 그러시오. 그건 그렇고 들려오는 소문에 본관 사또가 기생 춘향을 첩으로 들여서 사치와 호강을 한다는데 그 말이 맞소?"

하니 노인이 화를 낸다.

"소나무같이 절개 높은 춘향에게 그런 누명 씌우지 마소. 원님이 음탕하여 춘향이 수청 못 들겠다 하니 곤장을 심하게 쳐서 옥에서 다 죽게 만들었소. 그래도 이 도령인지 어떤 놈인지는 찾아올 줄을 모르니 그런 쥐아들, 개아들 놈이 또 어디 있으리오."

이 도령이 이 말을 듣고는 춘향 생각이 더욱 간절해진다. 한시가 급한지라 바삐 남원성 안에 들어가 이리 수군수군, 저리 쑥덕쑥덕 소문을 캐러 다닌다. 이때 아전들은 어사 내려온다는 말을 소문으로 듣고 관아의 논밭과 포목, 백성들에게 주었던 환곡 명부 등 문서들을 챙기며 동쪽 창고, 서쪽 창고, 쌀, 포목을 다 무턱대고 엉터리로 만드는데 이를 어사가 탐지했더라.

서러운 재회

이렇게 해 놓고는 이 도령이 춘향 집을 찾아간다. 마당 근처 풀들은 서리를 맞았고 동쪽 뜰에 서 있던 오동나무는 벌레 먹었으며, 담장은 자빠지고 바깥채와 안채는 쓰러지고 기울어졌다. 서까래는 벗겨지고 마당은 개똥밭이 되었으니 어찌 한심하지 않으리오.

마당에서 살펴보니 춘향 어미가 죽을 끓이면서 눈물로 탄식하기를,

"내 팔자 사납고 복이 없어 일찍이 부모 잃고 중년에 남편 잃고 말년에 딸 하나 바라고 살았더니 원수 이 도령만 믿고 저 지경을 당하는구나. 이를 어찌하잔 말인고."

하거늘, 이 도령이 듣고는 그 모습이 가련한지라. 탄식하며 중얼거리기를,

"이 또한 잠시 고난이니 네가 좋을 날이 설마 없겠느냐."

하고는 춘향 어미를 부른다. 춘향 어미 대답하기를,

"누가 이 심란한 중에 와서 부르는가?"

하더니 말하기를,

"거지는 눈도 없는가? 내 집 모양을 보면 모르겠는가? 딸 하나 두었는데 감옥에 갇혀서 옥바라지하느라 가산을 탕진했네. 동냥 줄 것도 없으니 빨리 돌아가게나."

이 도령이 마음속으로 웃으며 또 부른다. 그래도 춘향 어미가 못 알아보고 말하기를,

"누군데 그러시오? 김 아전이 관아 곡식 빚 갚으라고 재촉하러 왔소? 지금은 이 지경이라 갚을 수가 없다오. 죽이거나 살리거나 마음대로 하소."

하니, 이 도령이 어이가 없어 먼저 말하는구나.

"여보게, 날세. 전 책방 도련님일세."

하니 춘향 어미 그제야 알아듣고 두 눈을 이리 씻고 저리 씻고 자세히 보다가 깜짝 놀라며 말하기를,

"얼굴은 도련님이 분명한데 의복은 거지 중에서도 상거지니 이게 웬일이오? 갓은 무명실로 그물 짜듯 얼기설기 하였으니 별나고 괴상하다.

애고애고, 저 형상을 누구에게 말할꼬. 아무리 거지라도 분수가 있지. 이것이 어인 일인고. 애고애고, 내 딸 춘향이 옥중에서 죽게 되었으니 우리 모녀가 밤낮으로 바라고 기다린 것은 도련님뿐이었건만 이제 이런 꼴로 내려왔으니 장차 어찌하리오."

이 도령이 모르는 척 곡절을 물으니 춘향 어미 울면서 전후 사정을 일일이 고하는구나. 이 도령이 거짓으로 놀라면서 말하기를,

"다들 운세가 같이 험했구먼. 나도 과거 급제 못하고 형세가 이 지경이 되어 마지막으로 춘향이나 보고 가려고 불원천리不遠千里* 온 걸세. 춘향에게 한번 가 보기나 하세."

춘향 어미 마지못해 이 도령을 앞세우고 가는데 헌 파립에 짚신으로 발을 싸매고 비틀비틀 걸어가는 모습이 차마 볼 수가 없을 지경이더라. 옥문 밖에 도착해 춘향 어미가 말하기를,

"애고애고, 주야장천 기다리고 기다리더니 잘 되었다, 잘 되었어. 종로 상거지 하나 내려왔으니 보아라."

이 도령이 역정을 내며 춘향 어미를 밀치고는 춘향을 부른다. 춘향은 기운이 다 빠져 칼머리를 베고 졸다가 자기를 찾는 소리에 놀라서 말하기를,

"누가 나를 찾소? 벼슬 버리고 은거하던 허유, 소부가 나를 찾소? 수양산에서 굶어 죽으며 절개를 지키던 백이숙제가 나를 찾소? 남편 위해 자결한 아황, 여영이 나를 찾소? 대체 누가 나를 찾아왔소?"

이 도령이 다시 부르니 춘향이 그제야 음성을 알아듣고 취한 듯 미친 듯 칼머리를 비껴 안고 다급히 말하기를,

* 불원천리 천 리 길도 멀다고 여기지 않는다는 뜻

"이것이 무슨 말이오. 꿈인가, 생시인가. 하늘이 감동하여 만나게 하심인가. 하늘에서 내려왔소, 구름에 싸여 왔소? 그사이 벼슬 준비 분주하여 못 왔었소? 여름 구름은 봉우리가 많다더니 산에 막혀 못 왔었소, 봄물이 사방 연못에 가득하여 물이 막혀 못 왔었소? 어찌 그리 소식이 뚝 끊어졌단 말이오. 죽은 다음에야 북망산천 가서 다시 볼까 하였더니 반갑고 기쁘기 한이 없소. 칠 년 가뭄에 비 본 듯, 구 년 홍수에 해 본 듯이 반갑소."

하고는 이른 말이,

"도련님, 나를 좀 살려 내시오. 족쇄 벗겨 주면 걸음도 걷고 옥문 밖에 내어 주면 세상 구경도 해 봅시다. 애고애고, 도련님 얼굴 좀 가까이 대어 보오."

이 도령이 가까이 나아가니 춘향이 옥문 틈으로 내다보고는 눈물을 흘리며 탄식하기를,

"도련님 이 모양이 무슨 일이오? 무슨 연고로 이 지경이 되었소? 도련님은 이리 되고 나는 옥귀신이 되었으니 하늘이 어찌 이다지 무심하신가?"

이 도령이 말하기를,

"운수가 험하여 급제는 고사하고 이 모양이 되었으니 누구를 원망하겠는가. 우리 언약이 중하여 불원천리 내려왔는데 고생한 것이야 말해 무엇하리. 우리 둘 다 팔자가 좋지 않아 이렇게 되었으나 그래도 좋은 때가 올 것이니 서러워 마라."

춘향이 말하기를,

"불쌍하고 불쌍하다. 그사이 얼마나 굶주렸을꼬."

하고는 어미를 부르니 춘향 어미가 말하기를,

"나를 뭐하러 부르느냐. 밤낮 이 도령 오기만 바라더니 이제는 살길 다 끊어지고 모든 게 허사로다."

춘향이 대답하기를,

"어머니, 아무 말도 하지 마오. 속담에 하늘이 무너져도 솟아날 구멍 있다 하지 않소. 내 말대로만 해 주시오. 도련님 모시고 집에 가서 저녁 따뜻하게 잘하여 드리고, 내 비단 이불 펴서 나를 본 듯 주무시게 해 주시오. 그리고 내 장롱 속에 노리개, 앞뒤 비녀, 비단 옷감 다 팔아서 도련님 의복 새로 싹 만들어 주오."

하고는 이 도령에게 말하기를,

"부디 가서 평안히 쉬시오. 내일은 사또가 생일잔치 끝에 분명히 나를 불러낼 것이니 도련님은 오셔서 내 칼머리나 들어 주시오."

이 도령이 말하기를,

"아무렴, 걱정하지 마라."

하고는 춘향 어미를 데리고 돌아간다. 한 모퉁이 돌아서니 춘향 어미가 말하기를,

"도련님, 어디로 가실 거요?"

이 도령이 어이없어 대답하기를,

"자네가 아무리 구박해도 오늘 밤만 자고 갈 것이니 염려하지 말게."

하고는 춘향 집에서 밤을 보내는구나.

변학도의 생일잔치

이튿날 아침 관문 밖에 가서 주변을 둘러보니 본관의 생일이 분명하다. 관아에 준비한 모습을 보아하니 동헌 난간을 이어서 구름 계단을 만들고 높은 천막을 쳤구나. 산수 병풍, 인물 병풍, 모란 병풍을 둘러놓고는 방석들을 줄 맞추어 깔아 놓고 등불, 요강, 타구, 재떨이를 여기저기 놓았더라. 인근 읍의 수령들이 차례로 앉으니 어린 기생은 화려하게 차려입고, 어른 기생은 전립 갖추어 머리에 썼으며, 늙은 기생은 이들을 이끌어 좌우에 모시고 앉아 있다. 술잔과 그릇이 가득한데 양금, 거문고, 생황, 가야금 소리가 옥쟁반을 산호로 치는 듯하구나. 기생들의 춤과 검무가 이어지고, 남자 명창은 거문고를 타면서, 여자 명창은 해금과 피리에 맞추어서 노래를 하더라.

이 도령이 들어가려다가 문지기에게 쫓겨나고는 혼잣말로,

"이 놀음이 곧 고름이 될 것이니, 얼마나 더 놀아나는지 한번 보

자. 두고 보아라. 이따 내 솜씨에 아마 똥을 싸게 될 것이다."

하고는 문밖에서 기웃기웃하는데 문지기가 채찍을 휘두르며 구박을 심하게 하는지라. 근처에 숨어 있다가 문지기가 소변보러 간 사이 주먹을 불끈 쥐고 동헌 앞까지 뛰쳐 들어갔구나.

본관이 보고는 크게 노해,

"저 걸인을 당장 내쫓아라!"

하니 좌우에서 나졸들이 달려들어 이 도령의 덜미를 붙잡아 끌어낸다. 이 도령이 분함을 참고 관문 근처를 왔다 갔다 하면서 다시 들어갈 궁리를 하는데, 문득 동헌 뒤로 담이 무너져 거적으로 막아 놓은 데를 들추니 바로 대청 앞이었더라. 대청 위에 대뜸 올라가서 말하기를,

"내 마침 지나가다 좋은 잔치를 만났으니 음식이나 얻어먹을까 하노라."

하니, 본관은 불쾌한 표정이 역력한데 운봉 영장이 대신 웃으면서 대답하기를,

"그렇게 하시오. 참여해도 무방하지 않겠소."

하니 이 도령이 가장자리에 앉았구나. 이윽고 주안상을 들여오는데 운봉이 말하기를,

"저 양반에게도 술상을 갖다 드려라."

하니 이 도령이 받지 않고 트집을 잡으면서 말한다.

"보아하니 어떤 자리에는 기생이 권주가를 부르면서 술을 올리

는데 왜 어떤 자리에는 없는가? 술은 권주가 없으면 맛이 없으니 기생 중에 어여쁜 아이로 하나 보내라."

하니 본관이 듣고는,

"고얀 놈이로다. 내가 운봉의 말을 듣다가 이런 꼴을 다 보는구려."

운봉이 웃고 기생들에게 분부하기를,

"아무나 한번 가 보라."

하니 한 명이 마지못해 이 도령 옆에 가 앉으면서,

"아니꼬워라. 권주가 없으면 술이 목구멍에 넘어가지 않으시나?"

하고는 권주가를 부른다.

잡수시오 잡수시오
이 술 한 잔 잡수시오
이 술 한 잔 잡수시면
천만년이나 사오리다
이 술이 술이 아니오라
한 무제의 승로반에
이슬 받은 것이오니
쓰나 다나 잡수시오

이 도령이 말하기를,

"매우 좋으니 더 하라."

하니 이어서 부르는지라.

세상에 많은 이별 중에
독수공방이 제일 서럽구나
그리워도 못 만나는 이내 심정
누가 알리 나뿐이라

달아 달아 밝은 달아
이태백이 놀던 달아
이태백이 죽은 후에
누구와 놀려고 밝았느냐

봄잠을 늦게 깨어
창문을 반쯤 여니
마당에 꽃이 활짝 피어
가는 나비도 머무는 듯
버들가지 휘어져 늘어져
엷은 안개 끼었구나

머리 흰 늙은 어부

강기슭에 집을 지어

산수와 더불어

안분지족安分知足 하는구나

배 띄워라 배 띄워라

아침 물결 밀려갔다

저녁 물결 밀려오네

지국총 지국총 어사와

저기 흰 갈매기야

펄펄 날지 마라

너 잡으러 온 게 아니라

임금께서 버리시니

너를 따라온 것이라

버드나무 봄 경치 좋은 곳에

흰 말에 금안장 얹어 꽃놀이 가자

말 없는 청산이요 자취 없는 녹수로다

값 없는 청풍이요 임자 없는 명월이로다

그 속에서 병 없는 이 몸 걱정 없이 늙으리라

북두칠성 하나 둘 셋 넷
다섯 여섯 일곱 분에게
부끄러운 편지 한 장 아뢰나이다
그립던 임을 만나
그립다는 말씀 채 못했는데
날이 금세 밝아버려 그것이 민망하니
밤새 별 지지 않고 더디 가게 하소서

노래가 끝나자 상을 들여오는데 받아 놓고 보니 한구석이 떨어진 헌 소반에 국수 한 접시, 떡 한 조각, 양지 고기 한 마디, 대추, 밤, 배가 한 조각씩 올라가 있다. 이 도령 성질을 내며 두 발로 상을 걷어차니 좌중이 다 불쾌해하는데, 이 도령이 모르는 척 엎은 음식들을 모두 모아 소매 안에 넣어서 손님들에게 뿌리면서,

"아깝구나!"

하니 본관의 얼굴에 튀었는지라. 본관이 얼굴을 찡그리며 말하기를,

"못 볼 꼴이로다. 운봉의 말을 들었다가 이런 욕까지 보다니 절통하구려."

하니, 이 도령이 말하기를,

"나도 부모 은덕으로 문장깨나 좀 익혔는데 이런 잔치에 와서 음식 먹고 그냥 갈 수 있나. 운을 부르면 시나 한 수 짓고 가겠소."

하니 손님들이 웅성거리다가 기름 고膏 자, 높을 고高 자를 내고 붓과 먹을 주는구나. 이 도령이 운자와 대구를 맞추어 짓기를,

금준미주金樽美酒는 천인혈千人血이요
옥반가효玉盤佳肴는 만성고萬姓膏라
촉루낙시燭淚落時에 민루낙民淚落이요
가성고처歌聲高處는 원성고怨聲高라

손님들이 이 시를 받아 보고는 서로 마주 보며 생각에 빠지는데 운봉이 퍼뜩 그 글의 뜻을 깨달았더라.

금동이에 담긴 좋은 술은 백성들의 피요
옥쟁반 좋은 안주는 백성들의 기름이라
촛불 눈물 떨어질 때 백성들 눈물 떨어지고
노랫소리 높은 곳에 원망 소리 높구나

운봉이 얼른 생각하기를,

'글의 뜻이 본관 사또의 옳고 그름을 보고 백성을 위하니, 매우 수상하다. 삼십육계 중에서 줄행랑이 제일이겠구나. 가장 먼저 내빼리라.'

하고는 본관에게 말하기를,

"내일 백성들 환곡해 줄 일이 시작되오. 종일 놀지 못하고 먼저 가야겠소."

하고 가려 하는구나.

암행어사 출도야!

이때 어사와 역졸들이 마패를 들고 삼문을 두드리면서,

"암행어사 출도야!"

소리를 지르니 한 읍이 다 진동하며 난장판이 되는구나. 해금, 피리가 부러지고 장구, 거문고가 깨지며 각 읍의 수령들이 서로 부딪히며 쥐새끼가 도망가듯 달아나는구나.

임실 현감은 갓을 옆으로 쓰면서,

"이 갓은 누가 구멍을 막았느냐?"

하면서 발광이 나서 달아난다. 전주 판관은 정신없이 말을 거꾸로 타고서 하인에게,

"이 말은 목이 어디로 갔느냐? 원래 없느냐? 어쨌든 빨리빨리 가자."

여산 부사는 어찌나 겁이 났던지 상투를 쥐구멍에 틀어박고 말하기를,

"누가 날 찾거든 갔다고 하여라."

뒤죽박죽되는 이때 원님은 똥을 싸고 이방은 기절하고 다른 아전은 오줌을 싸는구나. 원님이 떨면서 말하기를,

"겁이 나서 어디 똥이나 싸겠냐. 우리는 똥으로 망하는구나."

이렇게 한참 정신없이 몰아친 후 어사가 우선 남원 부사를 봉고파직한다. 또 조정에 문서를 올리고 여러 가지 공무를 처리하고는,

"관리들의 죄상은 분부를 기다리라."

하는구나. 그러고는 문득 말하기를,

"죄수 춘향을 올리라."

감옥 문지기가 춘향을 데리고 들어오는데 춘향이 울며 말한다.

"우리 도련님께 오늘 분명 나를 두고 사생결단이 날 것이라 말씀드렸건만 어디 가고 안 오시는가."

백년고락을 함께하다

나졸이 춘향을 동헌에 올리니 형방이 이르기를,

"어사께서 분부하시기를 오늘부터 너에게 수청 들라 하시니 그대로 거행하라."

춘향이 여쭈되,

"소녀는 전관 사또 자제 도련님과 백년결연하였으니 분부를 받들 수 없사옵니다."

하니, 어사 말하기를,

"길가의 꽃은 지나가는 사람이 모두 꺾는 것이다. 너 같은 천한 기생이 어찌 이 도령을 믿고 수절하느냐. 어서 수청을 들어라."

춘향이 말하기를,

"아무리 천한 기생이라도 이미 맹세한 몸이오. 어찌 일구이언一口二言*하겠소? 어사께서 소녀를 만 갈래 찢어 죽여도 이 마음은 아니 변하오."

하니, 어사 말하기를,

"이렇게 절개가 굳으니 가상하다. 어찌 아름답지 않은가."

하고 기생들에게 춘향이 쓴 칼을 벗기라고 한지라. 기생들이 달려들어 칼을 물어뜯으며 춘향에게서 벗겨 내니 어사가 말하기를,

"너는 얼굴을 들어 나를 보라."

하거늘 춘향이 여쭈되,

"보기 싫사옵고 말씀 대답하기도 어렵사오니 소녀를 얼른 죽여주옵소서."

어사가 이 말을 듣고 가련하게 여겨 대답한다.

"아무리 싫어도 잠깐 눈을 들어 자세히 보라."

춘향이 그 말을 듣고 의아해 눈을 들어 살펴보니 이 도령이 분명하다. 펄쩍 뛰면서 말하기를,

얼싸절싸 좋을시고
예부터 이런 일이 또 있었는가
옛날 한신도 모욕을 받고
한나라 대장이 되었으며
강태공도 나이 팔십에
위수 강가에서 낚싯대나 드리우고 있다가

* 일구이언 한 입으로 두말한다는 뜻

주나라의 재상이 되었지

우리 도련님이 엊그제 걸인으로 다니다가

오늘 암행어사 될 줄 누가 알았으며

춘향이 옥중에서 고생하다

어사 서방 만나 세상 구경할 줄 누가 알았으리

어사 서방 좋을시고

이것이 꿈인가 생시인가

정말인가 거짓말인가

어사 서방 즐겁도다

어제 걸인 되어 만나러 왔을 때

오늘 어사 옷 입고 올 줄은 몰랐네

이리저리 춤추면서 만 가지로 즐거워하는구나.

이때 춘향 어미는 미음 그릇을 들고 오며 근심스럽게 말하기를,

"네가 그런다고 정절 지켜 후세에 이름이라도 남긴다더냐. 애고애고, 서럽도다. 이런 설움 또 있는가. 만고 충신 굴원도 멱라수에 빠져 죽고, 한 임금만 섬긴 백이숙제도 수양산에서 죽었으니, 이를 본받아 열녀 되려면 아황, 여영처럼 물에 빠져 죽어야겠구나."

하면서 울고 있는데 관졸들이 달려와 춘향 어미에게 축하를 해 주니 춘향 어미 말하기를,

"이 말이 무슨 말인고?"

하며 동헌 문밖에서 기웃이 들여다보고는 깜짝 놀라는구나. 오 리만큼 펄쩍 뛰고 십 리만큼 미음 그릇 내던지고는 손뼉을 치면서 기뻐한다.

얼씨 좋을시고
하늘 밑에 이런 귀한 일이 또 있느냐
삼대승두선* 에는 은갑 향주머니가 제격이요
밀화 갓끈에는 산호 단추가 제격이요
노인 상투에는 붉은 구슬이 제격이요
터진 방앗공이에는 보리알이 제격이요
독 틈에 탕관* 이 제격이요
안질에는 노란 수건* 이 제격이요
기생 춘향에게는 어사 서방이 제격이지
춘향 어미 나에게는 어사 사위 과분하다
이게 진정 참말인가 헛말인가

* 삼대승두선 머리가 둥근 모양인 고급 부채
* 독 틈에 탕관 약자가 강자들의 틈에 끼여 곤란을 당한다는 뜻. 여기서는 기생 신분인 춘향이 이 도령에게 어울리지 않는 듯하면서도 어울리는 짝이라는 의미다.
* 안질에는 노란 수건 눈병이 난 눈을 닦다 보면 수건이 노랗게 된다는 뜻. 물건마다 떨어질 수 없는 사이가 있음을 의미하는 속담이다.

어찌 즐겁지 않으리오

춘향 어미 기쁨을 이기지 못해 엉덩춤을 추고 펄쩍펄쩍 뛰며 말하기를,

"동네 벗님들아, 얼싸 좋구나. 지화자 좋을시고. 내가 딸 춘향을 두었다가 오늘 경사를 보니 이 기쁨을 말할 수가 없구나. 사람마다 딸을 두면 나같이 효도 받을 테니 아들 낳기를 바라지 말고 딸 낳기를 바라야겠구나."

이리 놀고 저리 놀며 기뻐하는구나.

어사가 남원 예방에게 분부해서 큰 잔치를 베푼다. 어사는 공부에 매진해 급제한 것과 어사에 자원해 내려온 것을 이야기하고 춘향은 어사에게 수청 들라 하던 자초지종과 고생하던 일을 말하는지라. 서로 슬픔과 기쁨을 나누며 하루 종일 즐기는데 허 판수를 불러들여 돈을 주면서 점괘 맞춤을 칭찬하고 옥졸 불러 음식 나누어 주며 수고를 치하하는구나.

잔치를 끝낸 다음 날 어사가 남은 일을 다 처리하고 임금께 그간 있었던 일을 상세하게 아뢰니 임금께서 들으시고 크게 칭찬하시기를,

"자고로 수절한 자들이 많았으나 천한 기생으로 금석같이 정절을 지킨 자는 드물었느니라. 어찌 아름답지 아니한가."

하시고는 정렬부인의 직첩*을 내리시고 어사는 나랏일에 수고했다 하시면서 벼슬을 올려 주신다. 어사가 은혜에 감사함을 표하고 춘향을 데리고 올라와 아들과 딸을 낳고 백년해로하는구나.

무릇 보통 여자들도 수절하기 어려운 일인데 하물며 기생의 신분으로 정절을 지켜 뜻을 이루었으니 고금에 드문 일이라. 대강 기록해 후세 사람들로 하여금 충성과 정절을 본받게 했으니 비록 장부라도 임금 섬기는 자는 두 마음을 두지 말지라.

* 직첩 조정에서 내리는 임명장

《춘향전》을 읽는 즐거움

김영희 해설

'춘향'의 깊은 사랑과 절개를 소재 삼은 《춘향전》은 줄거리를 모르는 한국인이 있을까 싶을 정도로 널리 읽혔습니다. 시대를 뛰어넘는 고전으로 남았습니다. 수청을 들지 않으면 목숨을 빼앗겠다는 '변학도'의 겁박 앞에서 의지를 굽히지 않는 춘향의 모습은 수많은 이에게 감동을 주었지요.

> 충효 열녀에도 위아래가 있소? 자세히 들으시오. 기생으로 말합시다. 해서 기생 농선이는 동선령에 묻혔고, 선천 기생은 나이 어린 아이였지만 칠거지악 알았었고, 진주 기생 논개는 충렬문에 길이 모셔져 있고, 청주 기생 화월이는 삼층각에 올라 있고, 평양 기생 월선이도 충렬문에 들어 있고, 안동 기생 일지홍은 살아생전 열녀문 받은 후에 정경부인에까지 올랐으니 기생이라고 얕잡아 보지 마옵소서.

그런데 앞선 문장을 의문문으로 바꾸어 보세요. "《춘향전》이 고전이 된 이유는 주인공이 사랑하는 사람을 위해 권력의 횡포에 대항했기 때문일까?" 고쳐 읽으면 생각의 방향이 달라집니다. 이런 내용을 담은 작품은 꽤 많지만 모두 한국의 대표 고전으로 일컬어지지는 않으니까요. 《춘향전》의 어떤 특성이 이 이야기를 몇백 년 동안 읽어 온 고전으로 만들었을까요?

사랑, 나로 살게 하는 힘

사랑만큼 대중의 이목을 사로잡는 이야기는 드뭅니다. 무수한 드라마와 영화와 노랫말이 사랑에 빠진, 혹은 사랑을 통과하는 이들을 그리지요. 그만큼 사람들이 사랑이라는 화두에 관심 갖기 때문일 거예요.

현생을 살아간다는 건 제법 벅차고 힘든 일입니다. 여러분은 종종 이런 생각 하지 않나요. '아, 세상 사는 게 참 버겁다!' 그럴 때 사랑 이야기를 보고 듣는 일은 지친 우리에게 쉴 곳이 되어 줍니다. 재미 그 이상이에요. 억지스럽다고요? 하지만 텔레비전에서 방영되는 대부분의 일일 드라마와 주말 드라마의 소재가 사랑인걸요. 사람들이 하루하루 쌓인 고단함을 풀어내며 즐기는 콘텐츠에는 늘 사랑이 있습니다.

'아, 살기 힘들다'는 생각 뒤에 무엇이 있는지 살펴보세요. 우리 의지대로 이끌어 갈 수 없는 상황이 놓여 있어요. 반면 사랑은 내가 애정 쏟을 대상, 계속 함께하고 싶은 대상을 선택하는 행위입니다. 매우 큰 자유의지가 반영되지요. 우리는 사랑 이야기에 진심일 수밖에 없습니다. 주체성이 지켜지는 삶의 영역이 있음을 확인하게 해 준다는 점에서 안도감을 주거든요.

춘향의 사랑도 굉장히 주체적인 선택입니다. 흔히 춘향을 '이도령'에 대한 믿음과 의리를 지킨 절개 있는 아내의 상징으로 이야기하는데, 이 표현은 완전하지 않습니다. 춘향이 지킨 것은 몽룡을 향한 의리만이 아니라 '몽룡을 향한 의리를 지키는 자신에 대한 의리'라고 볼 수 있어요.

몽룡을 처음 만났을 때 춘향은 이 남자가 "젊어 이름을 떨칠" 것 같고 "나라의 충신이 될 것" 같아서 호감을 느낍니다. 수청을 들라는 요구를 거절하고 옥에 갇혀 지내던 춘향이 목숨을 구할 수 있는 방도도 출세한 몽룡의 귀환뿐이었습니다. 바람과 달리 몽룡은 걸인 행색으로 나타나지만요. 춘향 입장에선 '난 이제 죽었구나' 하고 생각할 수밖에 없었을 겁니다.

그래도 춘향은 몽룡을 탓하거나 좌절감에 무너지지 않습니다. 오히려 월매에게 자신의 물건을 정리해서 몽룡의 옷을 해 주고 든든히 밥을 먹이라고 합니다. 몽룡에게는 자신이 죽으면 두 사람이 처음 만난 부용당에 데려가 달라고 청하지요.

한양성 서방님을 칠 년 가뭄에 목마른 백성이 큰비 오기 기다렸다 한들 나와 같이 기운이 빠지겠나. 심은 나무 꺾어지고 공든 탑이 무너졌네. 가련하다, 이내 신세. 할 수 없이 되었구나.

어머니, 나 죽은 후에 소원이나 없게 하여 주옵소서. 나 입던 비단 장옷 봉황 장롱에 들었으니 그 옷 팔아다가 한산 세모시 바꾸어서 물색 곱게 도포 짓고, 흰 비단 긴 치마도 되는 대로 팔아다가 갓, 망건과 신발 사 드리오. 고급 병, 은비녀, 밀화장도, 옥반지가 상자 속에 들었으니 그것도 팔아다가 한삼과 고의 초라하지 않게 하여 주오. 곧 죽을 년이 세간 두어 무엇 하겠소. 용 장롱, 봉황 장롱 빼닫이를 되는 대로 팔아다가 맛난 반찬 진지 대접하오. 나 죽은 후에라도 나 없다고 하지 마시고 나 본 듯이 섬기소서.

서방님, 내 말씀 들으시오. 내일이 본관 사또 생신이라. 술에 취해 주정이 나면 나를 올려 칠 것이오. 곤장 맞은 다리 장독이 났으니 팔다리를 제대로 움직이기나 하겠소. 구름같이 흐트러진 머리 이럭저럭 걷어 얹고 이리 비틀 저리 비틀 들어가서 곤장 맞고 죽거들랑 삯군인 척하고 달려들어 둘러업고 우리 둘이 처음 만나 놀던 부용당 적막하고 고요한 데 뉘어 놓고 서방님 손수 염습해 주시오.

신분 상승을 기대하며 몽룡의 마음을 받아들였다는 점을 떠올려 보면 춘향의 변화는 놀랍습니다. 거지꼴로 내려온 몽룡을 보고서도 수청을 드느니 죽기를 택하니까요. 세상은 그를 향해 "허튼

소리 하지 마라! 너희 같은 천한 기생에게 충과 열이 웬 말이냐?" 라고 말하지만, 춘향은 주체적 선택을 통해 자신을 존귀한 사람으로 일으켜 세웁니다. 요임금, 순임금, 공자 같은 성현과 동등한 위치로 올리지요.

자고로 성현들도
무죄한데 갇혔으니,
요堯, 순舜, 우禹, 탕湯 어진 임금도
걸왕, 주왕의 포악으로
감옥에 갇혔다가
풀려나 성군 되셨고,
성군이신 주周 문왕도
폭군인 은殷 주왕의 해를 입어
감옥에 갇혔다가
풀려나 성군 되셨고,
만고성현 공자께서도
양호에게 반역 입어
광야에 갇혔다가
풀려나 성인 되셨지.
이런 일로 볼작시면
죄 없는 이내 몸도 살아나서

세상 구경 다시 할까?

상투적인 표현 중에 '사랑은 위대하다'는 말이 있는데요. 사랑이 위대한 이유는 애정의 대상을 위해서라면 무엇이건 할 수 있어서가 아니라, 무엇이건 하겠다고 '선택'함으로써 자기의 주체성을 극대화하기 때문일지도 모릅니다.

춘향이 택한 것은 몽룡과 함께하는 삶인 동시에 스스로에 대한 의리, 부당한 권력에 대한 저항이었습니다. 이 선택들은 춘향을 온전한 자신으로 살아가게 만들었고요. 사랑은 나로 살 수 있는 용기를 주는 가장 강렬한 감정 중 하나입니다.

사랑의 또 다른 결
손해와 위험을 감수하는 용기

사또를 거부한 대가로 고초를 겪는 춘향을 한마음으로 안타까워하는 이들이 있습니다. 《춘향전》 완판본에 의외로 자주 등장하는 남원 주민들입니다.

농부가 열을 내며 말하기를,
"그쪽은 어디 사나?"
"어디 살든."

“어디 살든지라니. 그쪽은 눈콩알 귀콩알이 없나? 지금 춘향이는 수청 못 든다 하고 곤장 맞고 감옥에 갇혔으니 기생 중에 그런 열녀 나기는 세상에 드문지라. 옥결 같은 춘향 몸이 자네 같은 동냥 거지에게 더러운 말을 듣다니. 그래 가지고는 자네 구걸도 못해 먹고 굶어 뒤질 걸세. 올라간 이 도령인지 삼 도령인지 그놈의 자식은 한번 가곤 무소식이니 인간이 그래서는 벼슬은커녕 내 좆만도 못하지.”

권력자의 폭정과 춘향을 두고 떠난 뒤 기별도 없는 이 도령을 지탄하는 대목입니다. 춘향의 고난이 딱하긴 하지만 퇴기의 딸 한 명이 겪는 시련이 온 고을을 들썩이는 이슈가 되는 상황이 인상적이지요. 남원 사람들은 논일을 하다가도, 빨래를 하다가도 춘향의 이야기를 하며 가엾어 해요. 텔레비전이나 스마트폰이 없었던 시절이었으니 개인의 비극이 오락거리로 소비되었을 수 있어요. 그러나 기생들의 반응은 그의 사연이 그저 이야깃거리가 아니었음을 짐작하게 합니다.

일반 기생 입장에서는 춘향이 곱게만은 보이지 않았을 듯합니다. 아버지가 양반이라는 이유로 기생과는 다른 대우를 받아 온 데다, 미색이 워낙 뛰어나 사람들이 항상 춘향만을 찾았다고 하잖아요. 게다가 춘향이는 너무 도도해서 웬만한 사람과는 말도 섞어 주지 않았다고 하고요. 눈꼴시다고 생각하지 않았을까요? 하지만 남원 기생들은 몽룡에 대한 일부종사를 선언하고 기꺼이 곤장을 맞은 춘향을 "서울댁"으로 부르고 울며 그에게 닥친 재앙을 가슴 아파합니다.

고전소설 중 많은 작품이 등장인물에게 닥친 비극을 다루는 만큼, 그를 안쓰러워하는 주변 인물들이 종종 그려지는데요. 《춘향전》 완판본에서는 그런 사람들의 등장이 더욱 빈번하고 심지어 꽤 길게 대사를 합니다.

특히 관아에서 춘향이 매 맞는 장면을 바라보며 주민들이 나누는 대화가 주목할 만합니다. 사또와 한 공간에 있는데 춘향을 옹호하는 건 아주 위험한 행동이잖아요.

> 이때 남원 사는 남녀노소가 모두 모여들어 구경하니 좌우 사람들이,
>
> "모질구나, 모질구나.
>
> 우리 골 원님이 모질구나.
>
> 저런 형벌이 왜 있으며
>
> 저런 매질이 왜 있을까.
>
> 집장사령 놈 눈에 익혀 두어라.
>
> 관아 문밖에 나오면 당장 죽이리라."
>
> 보고 듣는 사람들 누가 아니 눈물 흘리랴.

수틀리면 춘향 옆에서 곤장을 맞을 수 있는 상황에서도 남원 주민들은 춘향을 응원합니다. 또 다른 사랑의 결을 보여 줍니다. 앞

서 춘향의 사랑을 언급하며 '나로 살 수 있는 용기를 일으키는 감정'이라고 불렀는데요. 그런 맥락에서 손해와 두려움을 감수하며 춘향을 지지하고 함께 울컥하고 화를 내 주는 남원 주민들의 마음 또한 사랑이라 할 수 있습니다. 가슴속에 가득 찬 생각과 감정을 겁 없이 말하게 하니까요. 이 역시 강력한 주체성의 발현이지요.

결국 사랑이 가능케 하는 일

《춘향전》을 이해하기 까다롭다는 생각을 하진 않았나요? 이 작품은 본래 판소리로 공연되던 〈춘향가〉를 소설로 옮긴 것입니다.《춘향전》에서 노랫말과 같은 특성을 많이 발견할 수 있는 이유지요. 라임이 잘 맞아떨어지는 랩의 가사를 읽는 느낌이 들기도 해요.

조선 시대에 판소리를 즐기고 발전시킨 계층은 서민이었습니다. 그렇다 보니 그들이 일상에서 느끼는 결핍이 많이 녹아 있어요.《춘향전》만 하더라도 신분의 차이로 사랑이 좌절되는 상황을 그리고 있습니다. 신분 제도에 대한 날카로운 문제의식이 담겨 있어요.

《춘향전》은 흥미로운 사랑 이야기에 그치지 않고 '있어야 할 것'을 추구하는 사람들을 이야기합니다. 목숨을 걸고 자신의 '의지'를 지키는 춘향, 손해를 감수하고서라도 춘향을 '지지'하는 남원 사람들, 신분의 벽을 '초월'해 정렬부인이 되는 결말을 보며 현실의 독자들은 큰 기쁨을 얻었을 거예요. 부조리가 사라진 세계를 꿈꾸는 사람이 나 하나만이 아님을 확인하고, 나로 살기를 결심하거나 정의를 외칠 때 그 실천을 격려해 주는 이가 있을 거라 예측함으로써 '외로움을 덜었다'고도 할 수 있습니다.

'본다'와 '읽다'는 전혀 다른 행위입니다. 읽는다는 건 내가 접한 글의 내용을 스스로 해석해 앞으로의 삶에 반영한다는 의미지요. 주체적이라는 점에서 읽기 또한 나를 사랑하는 일의 한 형태가 될 수 있겠네요. 《춘향전》을 '읽은' 여러분이 오늘 알게 된 내용을 바탕으로 각자의 주체성을 드러내는 일에 응원을 주고받는 사람이 되었으면 좋겠어요.

글의 시작을 "《춘향전》이 고전이 된 이유는 무엇일까?"라는 질문으로 열었지요. 제가 내린 답은 이렇습니다. "사랑은 '세상은 살아 볼 만한 곳'이라는 희망을 품게 한다. 《춘향전》은 이 사실을 체험하게 해 준다."

여러분이 《춘향전》에서 발견한 사랑의 의미와 가치는 무엇인가요?